3/25

검은
천사

검은 천사 2

임영기 장편소설

초판 1쇄 찍은 날 § 2016년 3월 16일
초판 1쇄 펴낸 날 § 2016년 3월 23일

지은이 § 임영기
펴낸이 § 서경석

편집책임 § 박가연

펴낸곳 § 도서출판 청어람
등록번호 § 제387-1999-000006호
등록일자 § 1999. 5. 31
어람번호 § 제1-2381호

주소 § 경기도 부천시 원미구 부일로 483번길 40 서경B/D 3F (우) 14640
전화 § 032-656-4452 팩스 § 032-656-4453
http://www.chungeoram.com
E-mail § chungeorambook@daum.net

ISBN 979-11-04-90703-6 04810
ISBN 979-11-04-90701-2 (세트)

2

미카엘

검은
천사

FUSION FANTASTIC STORY

임영기 장편소설

도서출판 청람

차례

CONTENTS

검은
천사

제7장
도강(渡江)

정필이 연길에 도착한 지 9일, 은애가 북한으로 들어간 지 7일째가 되었다.

정필은 은애가 없는 7일째 밤을 맞이했다.

정필은 할아버지 가족에 대해서는 더 이상 알아보지 않기로 마음먹었다.

화교 장사꾼 청강호가 할아버지의 부인, 즉 정필의 할머니와 삼촌, 고모가 이미 돌아가셨다는 사실을 확인했으며, 삼촌의 자식들이 함경북도 청진에 살고 있다는데, 거긴 두만강에서도 꽤 먼 동해안이기 때문에 그들에 대해서 알아보는 것이

쉽지 않을 것 같기 때문이다.

정필을 돕기로 한 김길우는 은애 엄마 김금화 씨와 조은주를 찾기 위해서 볼보를 몰고 백방으로 돌아다니면서 알아보고 있는 중이다.

은애 아버지 조석근 씨와 은철은 평화의원에서 치료를 받고 어느 정도 거동이 자유로워진 후에 베드로의 집으로 거처를 옮겼는데, 정필은 은애가 북한으로 들어간 후에 두 번 베드로의 집에 조석근과 은철을 보러 갔었다.

요즘 정필의 일과라는 것은 하루 종일 도문에 가서 도문대교를 바라보며 은애가 돌아오기만을 기다리는 것이 전부가 돼버렸다.

오늘도 오전에 도문에 갔다가 끝내 은애가 돌아오는 것을 보지 못하고 조금 전에야 손영실네 아파트에 돌아온 시간이 밤 10시가 조금 넘었다.

영실과 향숙은 정필이 3일 동안 밤늦게 들어왔으며 그때마다 술을 마셨기 때문에 오늘도 그가 들어오면 술상을 차리려고 준비해 놓고 있었다.

"정필 씨, 술상 차릴까?"

영실은 정필을 부르는 호칭이 '정필 총각'에서 '정필 씨'로 바뀌었고 말도 놓고 있었다. 그가 자신을 '누님'이라고 부르기 때문이다.

안방에 술상이 차려지고 언제나 함께 술을 마시는 멤버인 정필과 영실, 향숙, 그리고 오늘은 처음으로 은애의 고향 친구 순임이 가세했다.

향숙의 15살짜리 딸 송화를 비롯한 4명의 탈북녀는 지금도 거실에서 TV를 켜놓고 남조선을 학습하는 일에 여념이 없다.

탈북녀들은 아침에 눈을 뜨면서부터 밤에 잠들기 직전까지 TV를 시청하는데, 중국방송은 그다지 관심이 없고 한국에 관한 프로나 드라마에 열광했다.

연변TV방송은 한국에 관한 프로나 드라마를 제한적으로 방영하기 때문에 남조선에 대해서 갈증을 느끼는 7명의 탈북녀를 위해서 영실은 한국 드라마 비디오테이프를 대여해 오기 시작했다.

향숙은 하루 종일 정필이 귀가하기만을 기다리면서 TV를 본다. 다른 탈북녀들도 그렇지만 유독 향숙은 더욱 정필을 의지하고 있다.

정필이 집안에 있으면 안심이 되고 그가 외출을 하면 초조해서 견딜 수가 없다. 그에게 무슨 일이 생길까 봐 걱정도 하고, 그가 없는 동안 자신과 송화에게 무슨 변이라도 닥칠까 봐 노심초사한다.

향숙이 다른 탈북녀들보다 훨씬 더 정필에게 매달리는 이유는 그녀와 정필만 알고 있는 말로는 설명하기 어려운 은밀하고도 복잡한 이유 때문이다.

안방 한가운데 차린 둥근 상에는 먹음직스러운 돼지고기두루치기와 함경도 토속 음식인 가자미식혜와 영채김치가 밑반찬으로 나왔다.

음식 솜씨가 좋은 영실이 돼지고기두루치기를 했으며, 영실이 사다 준 재료로 향숙이 고향 음식인 가자미식혜와 영채김치를 담갔다가 며칠 삭혀서 오늘 개봉했다.

"선생님은 은애를 어케 암까?"

오른쪽에 앉은 향숙이 두 손으로 공손히 정필에게 술을 따르는데 맞은편에 앉은 순임이 그동안 궁금하게 여겼던 것을 조심스럽게 물었다.

"은애 씨 말입니까?"

정필은 은애에 대해서 어떻게 설명해야 할지 잠시 생각하다가 그냥 강명도나 김길우가 알고 있는 정도로만 대충 얘기해주었다.

즉, 정필이 두만강을 구경하고 있다가 도강하는 조석근과 은철이를 발견하여 돕게 됐다는 얘기다.

정필은 은애에 대한 얘기를 아무에게도 하지 않았다. 그런 얘기를 하면 아무도 믿어줄 사람이 없기도 하겠지만, 어쩌면 그녀와의 관계를 비밀로 해두고 싶은 마음이 더 컸기 때문인지도 모른다.

"정말 정필 씬 대단한 사람이야."

정필 왼쪽에 앉은 영실이 젓가락으로 살이 두툼한 돼지고기와 야채를 함께 집으면서 말했다.

"단지 할아버지가 함북 회령 사람이라는 이유만으로 북조선 사람들을 돕는 거 아임매?"

정필이 말없이 술잔을 들이켜는 걸 보면서 향숙과 순임은 고개를 끄떡였다.

영실이 그런 말을 하지 않아도 향숙과 순임이 보기에 정필은 너무나도 훌륭한 사람인 것 같았다.

정필이 술잔을 내려놓는데 영실이 젓가락으로 집은 두툼한 돼지고기안주를 정필의 입에 대주었다.

지난 3일 동안 밤마다 술을 마시면서 정필과 영실은 많이 친해졌다.

처음에는 영실이 안주를 먹여주는 것이 정필로선 어색했지만 이제는 웬만큼 익숙해져서 스스럼없이 입을 벌리고 받아먹게 되었다.

그렇다고 영실이 안주를 집어주는 걸 기다리거나 좋아해서 넙죽넙죽 받아먹지는 않지만, 그녀를 무안하게 만들고 싶지 않기에 쑥스러우면서도 받아먹고 있다.

그 작은 행동에 영실은 자기가 정필하고 꽤나 친해진 것 같은 자부심과 위로를 맛보고 있는 듯했다.

"은애는 말임다."

영실네 집에서 며칠 잘 먹고 잘 잔 덕분에 살이 토실토실 올라서 복사꽃처럼 해맑아진 순임은 잘생긴 정필을 쳐다보면서 말을 꺼냈다가 그와 눈이 마주치자 얼른 외면하면서 얼굴을 붉혔다.

"인민학교 내내 까마치반장이었다는 말임다."

정필은 순임이 은애에 대해서 말하자 부쩍 호기심이 생겼다.

"까마치반장이 뭡니까?"

정필이 관심을 보이자 순임은 기쁜 표정으로 엄지손가락을 치켜세우며 설명했다.

"그거이 학급의 이거임다. 반장보다 더 셉니다. 은애는 어려서부터 학급에서 키가 제일 크고 힘이 세서 아이들을 많이 괴롭혔슴다. 그래서 아이들이 설설 기면서리 은애한테 잘 봐달라고 집에서 까마치나 사탕, 과자 같은 걸 갖고 와서 준다 이말임다. 그럼 은애가 다음부터는 그 아이를 괴롭히지 않고 잘 봐주는 거임다."

"까마치는 함북말로 누룽지임다."

향숙이 정필 잔에 두 손으로 술을 따르며 덧붙였다.

"은애는 말임다. 무산읍에서도 제일 예뻐서리 허구한 날 남자들이 은애네 집 앞에 줄을 섰슴다."

순임의 말을 들으면서 정필은 그랬을 거라는 생각이 들었다. 은애는 예쁘기도 하지만 혼령인 주제에 정필에게 도도하고 때로는 새침하게 굴었었다.

정필은 순임에게 은애에 대해서 듣다 보니까 더욱 은애가 보고 싶어서 견딜 수가 없었다.

지난 3일 동안 그랬던 것처럼 오늘 밤에도 정필은 꽤 취했다. 은애에 대한 걱정이 머리에서 지워지지 않아서 영실과 향숙, 거기에 순임까지 가세해서 술을 주는 대로 마다하지 않고 받아 마신 덕분이다.

술을 못 마시는 향숙도 오늘까지 4일째 술상에 한자리를 차지하고 앉아서 마신 탓에 술이 조금 세졌다.

정필은 은애 걱정 때문에 술을 마시고, 그동안 외로웠던 영실은 갑자기 사람이 북적거리니까 좋아서 마셨고, 향숙은 그날의 악몽을 잊으려고, 또 한없이 존경스럽고 좋기만 한 정필하고 같은 밥상머리에 앉아 있고 싶어서, 그리고 정필을 바라보는 것만으로 가슴이 설레고 그와는 감히 눈도 마주치지도 못하는 순임은 구름 위에 올라앉은 기분으로 부지런히 마셔댔다.

원래 술이 센 정필이 어지러움을 느낄 정도인데 다른 세 여자는 오죽하겠는가.

자정 무렵에는 세 여자 모두 몸을 가누지 못할 정도로 취해서 앉은 채 상체가 흔들거렸다.

"은애가… 어디 갔는지 궁금함……."

맞은편의 순임이 풀린 눈으로 팔꿈치를 상에 대고 정필을 보면서 중얼거렸다.

그녀는 술을 마시지 못하는데도 정필하고 대화하고 싶어서 끼어들었다가 혼자서 고려촌술을 반 병 가까이 마셨다. 그녀 말로는 그 정도면 치사량이라고 했다.

"아바이하고 은철이는 연길에 있는데… 은애하고 어마이… 은주는 어드메 간 거임까……?"

정필 오른쪽의 향숙은 정필 쪽으로 머리를 두고 바닥에 웅크리고 누워 있는데 잠들었는지 움직임이 없다. 술이 세졌다고 해봐야 4일 만에 얼마나 세졌겠는가. 정필 앞에서 쓰러지지 않으려고 기를 썼지만 결국 누워 버렸다.

정필은 향숙이 딱딱한 방바닥에 두 손을 포개서 뺨에 대고 그걸 베개 삼아서 자는 모습을 보고 그녀의 어깨를 잡고 조심스럽게 일으켜서 책상다리를 하고 있는 자신의 오른쪽 허벅지에 얼굴을 올려주었다.

향숙은 정필이 자신의 머리를 들어줄 때 얼핏 잠이 깼지만 그냥 가만히 있었다.

많이 취해서 움직일 수도 없었지만 정필의 손길이라는 걸 알고 마취된 것처럼 그가 하는 대로 내버려 두었다. 그녀는 시선을 정필의 몸 쪽으로 두고 잠시 눈을 떴다가 감았으며 문득 한 줄기 눈물이 주르르 흐르는 것을 정필은 보지 못했다.

정필은 순임의 말에 불현듯 은애에 대한 걱정이 되살아나고 그녀가 보고 싶어서 견딜 수 없는 심정이 되었다.

정필은 지저분하게 된 상을 번쩍 들어서 주방에 갖다놓고는 다시 안방으로 와서 장롱을 열고 이불을 까는데 그도 꽤 취한 탓에 이리저리 비틀거렸다. 웬만해서는 취하지 않는데 오늘은 지난 3일보다 더 많이 마신 탓이다.

먼저 영실을 안아다가 눕히고 그다음엔 향숙을 안아서 그 옆에 눕혔다.

정필이 몸을 일으키다가 보니까 향숙이 눈을 반쯤 뜨고 그를 바라보고 있었다.

"괜찮습니까?"

"어지러워……"

정필은 손으로 향숙의 이마를 짚었다. 그의 손이 워낙 크고 향숙의 얼굴이 작아서 얼굴 절반을 덮어버렸다. 그 상태로 향숙이 뭐라고 중얼거리는 것 같더니 잠이 들었다.

정필은 방바닥에 엎드려서 자고 있는 순임을 굽어보다가 안방에는 눕힐 곳이 없어서 그냥 놔두고 거실로 나갔다.

또한 순임은 정필 나이 또래의 젊은 여자라서 함부로 안아 옮기지 않은 것이다.

거실에는 TV가 켜 있고 송화 혼자 쪼그리고 누워서 잠이 들어 있었다.

정필은 송화를 안아다 향숙 옆에 눕히고 안방의 불을 끄고 나와 베란다에서 담배를 한 대 피우고 자신의 골방으로 들어가 이불을 펴고 누웠다.

술을 많이 마신데다 담배를 한 대 맛있게 피웠더니 머리가 핑 돌고 속이 메슥거렸다.

그래도 맨정신으로 은애에 대한 걱정을 밤새워서 하는 것보다는 나았다.

그리 오래 잔 것 같지 않은데 정필은 이상한 느낌에 설핏 잠에서 깼다.

그는 처음 누운 그대로 똑바로 누워서 자고 있었으며, 누가 옆에 바싹 붙어 누워서 그의 가슴에 팔을 얹은 채 꼭 안고 있는 것을 느꼈다.

'은애 씨.'

잠결에, 그리고 취중이지만 그는 순간적으로 은애가 돌아왔다는 생각에 기쁨을 감추지 못했다.

그녀 쪽으로 몸을 돌려서 마주 보는 자세로 그녀를 안고 가만히 힘주어 품에 안았다. 은애가 돌아왔다는 사실이 뭐라고 설명할 수 없을 만큼 기뻤다.

"으음……."

은애가 낮은 신음 소리를 내면서 정필의 품으로 파고들었다.

정필은 두 손으로 그녀의 얼굴을 감싸 쥐고 그녀가 돌아온 기쁨을 입맞춤으로 표현하였다.

처음에는 부드럽게, 그리고 조금씩 깊고 격렬하게 그녀의 입술을 벌리고 혀를 빨면서 가슴을 만졌다.

은애는 전처럼 바들바들 떨면서 혀를 그에게 맡겼다.

정필은 이제는 절대로 은애를 놓치지 않겠다고 다짐하면서 혀를 놓고 대신 그녀의 유방을 힘차게 빨면서 손을 아래로 내려 은밀한 곳을 더듬었다.

"아……."

은애의 달뜬 신음 소리가 정필을 더욱 흥분시켰다. 그는 급히 바지와 팬티를 벗고 은애 위에 올라가 키스를 하면서 단단해진 남성을 그녀의 그곳으로 가져갔다.

이 순간의 정필은 은애가 혼령이라는 생각도, 인간인 자신과 혼령이 맺어질 수 없다는 생각 같은 것도 하지 않았다. 그 정도로 몹시 취하기도 했지만, 그보다는 오로지 그녀와 결합해야겠다는 맹목적인 질주 본능 같은 것만 온몸에서 활화산처럼 용솟음칠 뿐이다.

아마 은애가 7일 동안 정필의 애를 태우지 않았더라면, 그리고 정필이 제대로 사고를 하지 못할 만큼 취하지 않았더라면 절대 이런 일은 일어나지 않았을 것이다.

은애의 그곳은 옹달샘처럼 흠뻑 젖어 있었고, 정필의 그것은 옹달샘 한가운데를 밀고 들어갔다.

"은애 씨……"

"아아… 선생님……"

두 사람은 헐떡거리면서 서로를 부둥켜안은 채 중얼거렸다.

그런데 그 순간 정필은 그녀가 자신을 '선생님'이라고 부른 것 때문에 움찔 놀라서 동작을 멈추었다.

그의 성난 물건은 그녀의 은밀한 곳으로 삽입하려는 중이다. 아니, 어쩌면 삽입됐는지도 모른다. 정필은 제정신이 아니어서 그걸 확인할 겨를이 없다.

그가 놀라 벌떡 일어나서 벽을 더듬어 스위치를 올리자 방 안이 환하게 밝아졌다.

아래를 굽어보던 정필의 얼굴에 처음에는 놀라움이 떠올랐다가 곧 보기 싫게 일그러졌다.

'이런……'

이불 위에는 은애가 아니라 순임이 벌거벗은 모습으로 네 활개를 편 채 누워 있었다.

그녀는 형광등 불빛이 눈부신 듯 눈을 꼭 감고 늘어져 있으며, 옷이 벗겨져 있고 브래지어는 올라가서 목에 걸려 있고 팬티는 벗겨져서 한쪽 발목에 걸려 있었다.

순임이 정필 방에 들어와서 자고 있는 것을 잠결에, 그리고 취중에 은애라고 착각을 했던 것이다.

은애는 벌거벗은 몸인데 어째서 옷을 입고 있는 순임을 그녀라고 착각한 것인지 모를 일이다.

순임의 옷을 벗기면서도 그것을 자각하지 못했다니 취중이거나 잠결이었다는 말로는 변명이 되지 않는다. 정필은 자기 자신을 용서할 수가 없었다.

"선생님⋯⋯."

아직 술이 깨지 않은, 아니, 만취한 상태인 순임은 불빛 때문에 눈이 부셔 얼굴을 찌푸린 채 정필에게 두 팔을 뻗으며 허우적거렸다.

도대체 취중의 그녀는 무엇을 느꼈을까. 정필의 그것이 자신의 은밀한 곳으로 삽입되는 것을 알고서 저리도 몸부림을 치는 걸까.

정필은 자신이 너무 한심해서 머리를 한 대 갈겨주고 싶을 정도로 화가 났다.

딸깍!

그때 갑자기 방문이 열리면서 영실이 부스스한 모습으로

고개를 디밀었다.

"정필 씨, 아직 자지 않고 뭐해⋯⋯."

그러다가 영실은 눈을 화등잔처럼 크게 뜨면서 놀랐다. 그녀는 우두커니 서 있는 정필의 성난 그곳을 뚫어지게 쳐다보며 눈을 깜박거렸다.

"딸꾹⋯⋯."

영실은 너무 놀라서 딸꾹질을 했다.

"누님⋯⋯."

영실은 정필의 발기한 그것과 이불 위에 무방비 상태로 벌거벗은 채 누워 있는 순임을 번갈아 쳐다보았다.

정필은 당황해서 급히 옷을 입고 영실의 등을 밀어 밖으로 나갔다.

"둘이 잔 거야?"

영실이 거실에 서서 다 이해한다는 듯한 얼굴로 묻자 정필은 그녀를 데리고 베란다로 나갔다.

"그게 아닙니다, 누님. 자고 있는데 누가 내 옆에서 자고 있기에 나도 모르게⋯⋯."

정필이 담배를 한 대 붙어 물자 영실이 자기도 한 대 달라고 해서 한 개비 주고 불을 붙여주었다.

"그래서 했어?"

영실의 물음이 단도직입적이지만 지금은 그런 걸 따질 때가 아니다. 정필은 어두컴컴한 어둠 속에서 얼굴을 붉혔다.

"하지 않았습니다. 하려던 차에 정신이 번쩍 들어서……."

순임이 '선생님'이라고 신음 소리를 내지 않았으면 정필은 멈추지 않았을 것이다.

그렇다면 순임은 비몽사몽 중에도 정필을 알아본 것인가. 그녀는 그 상황에서 정필을 받아들이려고 했던 것인지 모를 일이다.

만약 정필이 순임과 섹스를 했다면 그의 가치관으로는 절대로 순임을 모른 체할 수가 없을 것이다.

물론 정필은 숫총각이 아니다. 철모르던 시절에 사랑하는 소녀가 있었고 그녀도 그를 열렬히 사랑했기에 서로 몸과 마음을 주고받았었다.

그가 사랑했던 소녀는 두 명이었고, 그녀들과 몇 년을 사귀는 동안 섹스를 했었다.

그러나 이후 그녀들이 정필을 떠났었다. 한 소녀는 고교 3학년 때였고, 또 한 소녀는 대학 2학년 때였다.

그녀들은 정필의 정의감과 순수함, 거침없는 성격이 장차 사회생활을 하는 데 좋지 않을 거라면서 그를 떠났었다. 두 번째 소녀도 같은 이유로 떠났으며 이후 정필은 곧장 특전사에 입대했었다.

영실은 묘한 미소를 지었다.

"순임 씨 횡재할 뻔했었네."

영실은 담배 피우는 게 서툰지 콜록거리다가 담배를 수채에 비벼서 끄고 일어섰다.

"정필 씨는 담배 피우고 있어. 내가 순임 씨 옷 입혀서 재울게. 5분쯤 여기 있다가 들어가서 자."

"네."

베란다 유리문을 여는 영실을 보니까 얇은 원피스 잠옷 속으로 팬티가 내비치는 것을 정필은 이제야 발견하고 얼른 고개를 돌렸다.

지금 정필에겐 영실이 구세주다. 그녀가 아니라면 순임의 문제를 어떻게 처리할 것인지 막막하기만 하다.

잠시 후에 영실이 순임을 데리고 나오는 소리가 거실 쪽에서 났지만 정필은 쳐다보지도 않고 담배만 피우면서 창밖을 내다보았다.

'미친놈.'

그는 속으로 자신을 꾸짖었다. 정필을 꾸짖지 않고 이 일을 처리해 주는 영실이 고맙기 짝이 없다.

아침에 정필이 일어나서 화장실에 들어가 샤워를 하고 나오자 영실이 전화가 왔었다고 전해주었다.

"길우 씨인데 30분쯤 후에 다시 전화하겠대."

정필은 어제 김길우하고 전화통화를 했었는데 장춘(長春)에서 심양(沈陽)으로 가는 길이라고 했었다.

이곳 연길에서 심양까지는 700㎞가 넘는 먼 거리다. 정필은 김길우가 무슨 흔적이라도 찾았기를 바라면서 영실과 향숙 등 여자들이 차린 아침상 앞에 앉았다.

아침 식사 중에 화제는 이곳에서 생활하는 탈북녀 7명의 거취 문제로 자연스럽게 이어졌다.

"저는 선생님께서 하라는 대로 따르겠습다."

앞으로 거취를 어떻게 할 것인지 나이순으로 밝힐 때 향숙이 옆에 앉은 정필을 바라보지도 못하고 고개를 푹 숙인 채 의견을 말했다.

사실 7명의 탈북녀 지난 4일 동안 밤낮으로 본 TV를 통해서 대한민국이 얼마나 잘사는 나라인지, 그리고 자신들이 여태까지 북한의 새빨간 거짓말에 철저하게 농락당하면서 속고 살았다는 사실을 알게 되었다.

또한 장중환 목사가 이 집에 두 번 와서 탈북자들이 대한민국으로 갈 경우에 정부로부터 어떤 혜택과 대접을 받게 될 것이라는 설명을 자세히 해주었다.

그래서 이 집의 탈북녀들은 대한민국으로 가고 싶다는 사람과 중국에 남아서 돈을 벌겠다는 사람, 북한으로 돌아가겠다는 사람까지 3패로 나누어진 상황이다.

향숙과 딸 송화, 그리고 순임까지 3명은 대한민국으로 가고 싶어 하고, 다른 3명은 중국에 남겠다고 하며, 나머지 한 명은 먹을 것을 마련해서 북한으로 돌아가겠다고 했다.

향숙의 말에 모두들 자신을 빤히 바라보자 정필은 어색한 얼굴로 젓가락을 내려놓았다.

"그건 김향숙 씨가 결정하실 일입니다."

정필의 딱 선을 긋는 듯한 말에 향숙은 서운한 표정을 지었으나 고개를 숙인 채 다시 한 번 용기를 냈다.

"저는 의지할 사람이 선생님 한 분뿐이 앙이 계심다. 저더러 결정하라고 하시면 북조선으로 돌아가거나 이 자리에서 죽는 수밖에 없슴다."

정필이 아무런 말이 없자 향숙은 가만히 고개를 들고 그를 바라보는데 두 눈에 간절한 빛이 가득했다.

정필은 향숙이 자신에게 매달리는 심정을 십분 이해한다. 그래서 그녀를 혹이라고 생각하기보다는 어떻게든 좋은 방향으로 이끌어줄 생각을 했다.

그녀가 이렇게까지 간절하게 비는데 그것을 모른 체 뿌리칠 리가 없는 정필이다.

그렇다고 해서 정필이 직접 그녀를 한국으로 데리고 들어가는 것은 무리다. 정필이 할 수 있는 일은 그녀를 장중환 목사에게 인계하는 것까지다.

"알겠습니다."

정필의 대답에 향숙은 움찔하면서 고개를 드는데 얼굴 가득 환한 표정이 안개가 걷히듯이 피어났다.

"저도 선생님이 하라는 대로 하겠슴다."

그런데 이번에는 맞은편에 앉은 순임이 앵무새처럼 향숙이 한 말을 따라서 하고는 말끄러미 정필을 바라보았다.

정필하고 눈이 마주치자 순임은 얼굴을 살짝 붉히면서도 시선을 외면하지 않았다.

정필이 봤을 때 순임은 어젯밤에 있었던 일에 대해서는 모르는 것 같았다.

정필이 며칠 동안 겪어본 순임은 순박하고 부끄러움이 많은데, 그녀가 어젯밤 일을 기억하고 있다면 아마도 정필의 얼굴을 마주 쳐다보지도 못할 것이다. 어쩌면 아침 식사를 같이 하겠다고 밥상머리에 앉지도 못했을 것이다.

정필이 아침에 일찍 일어났을 때 영실이 넌지시 해준 말에 의하면, 어젯밤에 자기가 순임의 옷을 입혀서 탈북녀들이 자는 방에서 재우기 위해서 문을 열려고 했더니 안에서 잠겨 있었다고 한다.

그걸 보면 어젯밤에 술에 취한 순임이 잘 곳을 찾아서 이 방 저 방 돌아다니다가 열려 있는 정필의 방에 들어가서 잠이 든 것 같다는 것이다.

"알겠습니다."

정필이 고개를 끄떡이자 순임은 환하게 웃으며 두 손을 앞에 모으고 고개를 숙였다.

"고맙습다, 선생님. 시키는 건 뭐든지 다 하겠습다."

향숙은 23살의 젊고 예쁜 순임이 씩씩하게 말하는 모습을 부러운 듯 바라보았다.

영실은 중국에서 머물기를 원하는 3명의 여자에겐 그녀들이 일할 만한 곳을 알아봐 주겠다고 하고, 북한으로 돌아가겠다는 여자에겐 갖고 갈 먹을 것을 마련해 주겠다고 했다.

북한으로 돌아가고 싶어 하는 여자는, 아니, 여자라기보다는 이제 겨우 18살짜리 소녀인 명옥은 북한 함경북도 온성에 엄마와 남동생이 기다리고 있어서 그들을 놔두고는 대한민국에도 갈 수가 없고 중국에도 남아 있을 수 없다고 말하면서 울었다.

명옥의 엄마와 남동생은 명옥이 두만강을 도강할 때 4일을 굶었다는데, 그 후 명옥이 인신매매범에게 붙잡혀서 이틀을 보냈고, 다시 영실네 집에서 4일을 보냈으니까 도합 10일 동안 굶고 있다는 얘기다.

정필은 은애 아버지 조석근과 은철이가 캄캄한 방에 나란히 누워서 11일째 굶어서 거의 죽어가고 있던 모습을 기억해 내고 마음이 착잡해졌다.

모르긴 해도 지금 차디찬 북한 땅에서 명옥의 엄마와 남동생도 그렇게 명옥을 기다리면서 굶주리고 있을 것이다.

　명옥은 엄마와 남동생이 어쩌면 지금쯤 죽었을지도 모른다면서 이곳에 있는 4일 동안 내내 울기만 했었다.

　정필은 자기가 명옥의 사정을 몰랐으면 모르지만 알게 된 이상 그녀가 제 발로 북한으로 돌아가는 것을 그냥 두고 볼 수가 없었다.

　"이렇게 하는 게 어떻겠습니까?"

　정필은 향숙과 영실을 보면서 자신의 의견을 말했다.

　"명옥이에게 먹을 것을 줘서 보낸 다음에 엄마와 남동생이 기운을 차려서 움직일 수 있게 되면 세 사람 다 탈북시키는 겁니다."

　"선생님! 그거이 참말임까?"

　명옥이 기쁜 얼굴로 눈을 동그랗게 뜨고 정필을 바라보고, 영실과 향숙은 두 손을 모으고 반색했다.

　"정필 씨가 그렇게 해줄 거야?"

　"좋은 계획임다."

　정필이 18살치고는 작고 마른 체구에 늘 겁먹은 표정인 명옥을 보며 물었다.

　"명옥이 너 올 때 어떻게 왔니?"

　"온성에서 두만강을 건넜슴다."

"그럼 오늘 밤에 너 먹을 걸 갖고 집에 갈 때 나하고 같이 가자."

명옥은 갑자기 천군만마가 생긴 것 같은 표정으로 씩씩하게 대답했다.

"알겠슴다!"

"두만강 건너면 집이 가깝니?"

"우리 집은 온성읍 주원인데 강 건너서 두 키로 가면 됨다."

"두 키로?"

영실이 웃으며 설명했다.

"2km라는 얘기야."

정필은 명옥을 가까이 오게 해서 단발머리를 쓰다듬었다.

"오늘 밤에 갈 수 있겠니?"

갸름한 얼굴에 코가 뾰족하고 조그맣지만 까칠한 입술의 명옥은 힘껏 고개를 끄떡였다.

"갈 수 있슴다."

"그럼 됐다."

그때 전화벨이 울렸다. 영실이 받더니 급히 손짓으로 정필을 불렀다.

"정필 씨, 길우 씨야."

전화를 끊고 난 정필은 난감한 표정을 지었다.

지금 김길우는 심양에 있는데 그곳 술집에 은애 여동생 은주로 보이는 여자가 있는 걸 확인했으니까 정필더러 지금 당장 오라는 것이다. 은주일 가능성이 70%라니까 정필이 직접 가봐야 할 것 같았다.

그렇지만 정필은 오늘 밤에 명옥이하고 두만강에 가기로 조금 전에 약속했었다.

명옥이 북한으로 들어가서 엄마와 남동생을 구하는 것은 분초를 다투는 일이다.

어쩌면 지금쯤 그들은 굶어 죽었을지도 모른다. 그게 아니라면 거의 굶어 죽어가고 있는 상황일 텐데 명옥의 일을 뒤로 미룬다면, 정필이 심양에 다녀오는 동안 돌이킬 수 없는 상황이 벌어질 수 있는 것이다.

냉정하게 우선순위를 논한다면 명옥이 먼저다. 술집에 있다는 은주일지도 모르는 여자는 하루 이틀 사이에 어디로 사라지지는 않을 것이다.

정필이 생각할 여유를 갖기 위해서 김길우에게는 10분 후에 다시 전화를 하라고 했다.

잠시 후에 김길우에게서 다시 전화가 왔을 때 정필은 가라앉은 목소리로 당부했다.

"내일 아침에 일찍 출발 테니까 김길우 씨가 거기에서 잘 지켜보십시오."

조마조마한 표정을 짓고 있던 명옥은 정필의 말에 안도의 표정을 지으며 왈칵 눈물을 쏟았다.

지켜보고 있던 향숙이 조심스럽게 한마디 거들었다.

"선생님, 명옥이가 북조선에 갔다가 엄마와 동생을 데리고 다시 도강해서 건너올 때 말입다. 그럴 때 국경수비대 병사에게 돈을 몇 푼 슬쩍 집어주면 병사가 직접 두만강을 건너게 해줄 거우다."

정필은 새로운 사실을 알게 됐다.

"얼마나 주면 되겠습니까?"

"중국 돈으로 50원이면 됩다."

50위안이면 북한돈으로 2만 5천 원쯤 되는데, 북한 노동자 한 달 평균 월급이 2천 원인 것을 감안하면 일 년치 월급보다 큰 액수다.

그렇지만 달러로 환산하면 8.3달러 정도이므로 북한에서만 큰돈이지 북한 밖에서는 그렇지 않다.

11월 29일 금요일. 오후 5시 무렵에 정필은 또다시 도문으로 나갔다.

연길에서 도문까지 명옥, 향숙과 함께 택시를 탔다. 정필하고 명옥만 오면 되는데 향숙이 부득부득 따라오겠다고 고집을 부려서 같이 왔다.

탈북자인 향숙이 정필을 따라나선 것은 모험이다. 택시를 타고 다니는 사람을 중국 공안이 불심검문을 하는 경우는 없지만, 그래도 자칫 일이 꼬여서 향숙이 공안에게 붙잡히는 날엔 그대로 북송이다.

그래도 향숙은 정필하고 함께라면 영실네 아파트에 있는 것보다 훨씬 더 안심이 됐다.

정필은 오늘 저녁 한나절 택시를 전세 냈다. 아까 김길우가 전화로 소개해 준 조선족 서동원이라는 동료인데, 37세로 말수가 적고 순박한 성격이라 정필의 마음에 들었다.

정필과 향숙, 명옥은 택시에서 내려 도문대교 쪽으로 나란히 걸어갔다.

향숙은 명옥의 손을 꼭 잡고 걸으면서 도강할 때는 어떻게 하고 집에 가서는 어떻게 해야 하는지 차근차근 몇 번이고 일러주었다.

그런 걸 보면서 정필은 향숙이 함께 오기를 잘했다는 생각이 들었다.

향숙은 도강에 대해서 잘 아는 것 같아서 명옥에게 이것저것 주의를 주지만 정필이었다면 그저 안심시키는 몇 마디의 말만 했을 것이다.

향숙의 딸 송화는 16살이니까 18살인 명옥이 딸처럼 여겨져서 만에 하나 실수라도 할까 봐 여기까지 따라와서도 손을 놓지 않고 노심초사했다.

향숙과 명옥은 정필이 돈을 줘서 영실이 연길의 고급 백화점에서 사 온 요즘 유행하는 값비싸고 질 좋은 옷을 입은 데다 머리도 요즘 유행에 맞게 손질을 해서 조금도 탈북자처럼 보이지 않았다.

향숙은 청바지를 즐겨 입는 정필의 모습이 보기 좋아서 영실에게 자기도 청바지를 사달라고 했더니 요즘 한창 유행하는 몸에 찰싹 달라붙는 스키니진을 사 왔다.

청바지는 생전 처음 입는 향숙이지만 서구적인 몸매, 즉 워낙 하체가 길고 늘씬해서 아주 잘 어울렸다.

허리까지 오는 짧은 하늘색 파카를 입어서 드러난 아담한 엉덩이가 걸음을 옮길 때마다 살랑살랑 좌우로 흔들리는 모습을 보노라면 어느 누구도 그녀를 탈북자라고 생각하지 않을 것이다.

아직 해가 지기 전이라서 도문대교 중국 쪽에는 북한으로 들어가려는 트럭들이 길게 늘어서 있었다.

정필은 명옥을 밤 9시나 10시쯤에 도강시키려고 계획했기 때문에 아직 시간이 많이 남아서 도문대교 근처 누각이라든지 새로 지은 시설물들을 구경하면서 은애가 오는지 보려고 길게 늘어선 트럭 옆을 따라서 걸어갔다.

그런데 정필은 향숙의 걸음걸이가 아까부터 조금 엉거주춤

한 것을 느꼈다.

"왜 그러십니까?"

"이거이 바지가 너무 꽉 끼어서리……."

향숙은 정필이 입은 걸 보고 그저 좋아서 청바지라는 것을 입었더니, 다리며 허벅지, 엉덩이, 사타구니까지 꽉 조이는 이런 요상한 느낌은 생전 처음이라 자기가 걷는 것인지 바지 혼자 걷는 것인지 모를 정도고, 흡사 내복만 입고 걸어 다니는 느낌이다.

정필은 빙그레 미소 지었다.

"앞으로 계속 입고 다니면 아마 그것보다 더 편한 바지도 없을 겁니다."

"그렇습까?"

향숙은 그렇게 말은 했지만 절대 그런 일을 없을 것이라고 생각했다.

그런데 그때 갑자기 향숙이 걸음을 뚝 멈췄다. 전방 20m 거리에서 중국 경찰 두 명이 똑바로 걸어오고 있는 것을 발견한 것이다.

사실 향숙은 자신들을 향해 똑바로 걸어오는 사람이 중국 군인인지 공안인지 아니면 경찰인지 모른다.

단지 제복을 입었기 때문에 셋 중 하나일 거라고 생각하고 겁부터 집어먹었다. 그녀에게는 군인이든 경찰이든 상관없이

저승사자나 다름이 없는 존재이기에 몸이 반사적으로 굳어버
린 것이다.

"관광하는 것처럼 편안하게 걸어요."

정필이 정면을 보고 걸으면서 조용히 중얼거렸다.

향숙이 움찔 놀라서 다시 엉거주춤 걷기 시작하자 정필이
다시 주문했다.

"내 주머니에 손 넣어요."

슥―

향숙이 이끌리듯 왼손을 정필의 가죽점퍼 오른쪽 주머니
안에 넣었더니 기다렸다는 듯이 정필의 커다란 손이 그녀의
손을 잡았다.

정필은 그녀의 손이 떨리고 있는 걸 느끼고 손가락을 끼어
깍지를 껴주었다.

향숙이 팽팽하게 긴장한 얼굴에 수줍은 표정을 얹어서 정
필을 살짝 쳐다보았다.

정필의 잘생긴 옆얼굴이 그렇게 든든할 수가 없어서 그녀는
긴장이 어느 정도 풀렸다.

정필은 관광객처럼 당당한 걸음걸이로 걸었고, 향숙은 정필
의 주머니에 넣은 손을 그와 깍지를 끼고, 명옥은 향숙의 손
을 잡은 채 세 사람은 하나가 되어 정면에서 마주 오는 경찰
들을 향해 똑바로 걸어갔다.

경찰들이 다섯 걸음으로 가까워졌을 때 정필이 경찰들에게 왼손을 들어 보이면서 싱긋 웃었다.

"니하오."

정필이 알고 있는 유일한 중국어다. 평소 같으면 이런 행동을 하지 않았겠지만 지금은 향숙과 명옥이와 같이 있기 때문에 만에 하나 불심검문을 할지도 모른다는 생각에 먼저 아는 체를 한 것이다.

사람의 심리란, 이런 경우에 불심검문을 하려고 마음먹었다가도 그만두게 되어 있다. 웃는 낯에 침 못 뱉는다는 속담이 바로 이런 거다.

"니하오."

두 명의 경찰은 같이 손을 들어 보이면서 중국어로 인사하고 뒤이어 뭐라고 떠들며 스쳐 지나갔다.

향숙은 온몸의 긴장이 풀리는 바람에 그 자리에 주저앉을 것 같았지만 정필의 깍지 낀 손을 필사적으로 꼭 잡고 버텼다.

이로써 향숙과 명옥은 다시 한 번 정필의 든든함을 실감하게 되었다. 정필이라면 설사 방금 전에 중국 경찰의 불심검문에 걸렸다고 해도 그녀들을 무사하게 보호해 줄 거라는 확신이 들었다.

정필은 중국 쪽 도문대교 끝 난간가에 서서 해가 지고 난 후에도 한참이나 서 있다가 돌아섰다. 그렇게 오늘도 은애는 돌아오지 않았다.

정필 일행은 택시를 타고 도문 시내로 향하여 괜찮아 보이는 식당으로 들어가서 저녁 식사를 했다.

택시 기사 서동원까지 4명은 식사를 하는 동안 별다른 말 없이 다소 무거운 분위기를 이어갔다.

그러는 데에는 서동원이 끼어 있어서 정필끼리의 은밀한 대화를 나누지 못한다는 이유가 컸다.

사실 서동원은 김길우에게 대충 얘기를 들어서 명옥이 탈북녀이며 오늘 밤에 두만강을 건널 것이라는 사실을 알고 있었다.

실제 명옥이 두만강을 건널 가까운 지점까지 택시를 타고 이동해야 하기 때문에 김길우가 서동원에게 오늘 밤의 계획에 대해서 간단히 설명해 주었다.

그렇지만 서동원은 정필과 향숙은 탈북자가 아닌 외국인으로 생각하고 있다.

정필은 누가 봐도 탈북자나 중국인이 아닌 게 분명하고, 향숙은 전체적인 이목구비가 약간 이국적이며 지난 4일 동안 제대로 잘 먹고 잘 쉰 덕분에 원래 지니고 있던 미모가 조금씩 나타나서 역시 탈북녀로 보이지는 않았다.

서동원은 제일 먼저 식사를 마치고 일어나 담배를 피우러 식당 밖으로 나갔다. 사실은 세 사람이 자유롭게 대화하라고 자리를 피해준 것이다.

향숙이 기다렸다는 듯이 명옥에게 당부했다.

"명옥아, 너 선생님이 주신 중국돈 200원 잘 챙겨라이."

"네."

정필은 명옥에게 4일 후에 도강해서 올 때 필요하면 국경 수비대 병사에게 뇌물로 50위안을 주고 나머지는 여웃돈으로 가지고 있으라며 200위안을 주었다.

"너 절대로 티 나게 행동해서는 아니 된다는 말이다. 내 말 알아듣느냐? 갖고 간 거 먹을 때도 주위 잘 살피고 몰래 먹어야 한다."

향숙을 이모처럼 생각하는 명옥은 공손히 고개를 숙였다.

"걱정 말기요."

명옥은 먹을 걸 갖고 집으로 돌아간다는 설렘과 엄마와 남동생이 무사할지의 걱정 사이에서의 초조함이 얼굴에 여실히 드러나 있다.

정필은 옆에 앉은 명옥의 머리를 부드럽게 쓰다듬으며 푸근하게 미소 지었다.

"너는 아무 걱정 하지 말고 4일 후에 엄마하고 동생 데리고 두만강을 건너오기만 하면 된다. 나머지는 내가 다 알아서 하마."

명옥은 젓가락처럼 마른 상체를 정필 품에 안기며 눈물을 글썽거렸다.

"제가 선생님을 다시 못 보더라도 죽을 때까지 은혜를 잊지 않을 거임다."

"못 보긴, 그런 소리 말라우."

향숙이 대신 명옥을 꾸짖었다.

밤 9시에 정필 일행은 도문에서 두만강 하류로 25㎞쯤 떨어진 지점으로 내려갔다.

그곳 양수촌(凉水村)이란 제법 큰 마을의 남쪽 두만강 건너편이 바로 북한 온성읍이다.

마을로 진입하여 인가가 없이 밭만 넓고 길게 이어져 있는 끝까지 가서 택시를 세우고 배낭을 멘 정필과 명옥 두 사람만 내렸다.

택시는 캄캄한 어둠 속에 헤드라이트를 끈 상태로 멈춰 있고, 정필과 명옥이 손을 잡고 길게 이어진 밭 사이의 좁은 길을 걸어갔다.

명옥이 메고 갈 배낭에는 소시지나 햄, 달걀, 돼지고기, 밀봉한 닭고기, 라면과 쌀, 과일 같은 것들이 가득 들어서 무게가 10㎏이나 나간다.

만약 명옥이 배낭을 메고 마을을 가다가 북한의 같은 마을 사람들과 마주치게 되더라도 의심을 하지 않을 만한 허름한 배낭을 구했으며, 배낭의 음식으로는 명옥과 엄마, 남동생이 최대 일주일쯤 버틸 수 있을 것이라고 계산했다.

만약 명옥이 엄마와 남동생을 데리고 피치 못할 사정으로 4일 후에 두만강을 건너오지 못하면 다음 날 밤 10시에 건너고, 또 그날도 못 오면 그다음 날 10시에 오는 것으로 정필과 말을 맞추었다.

그러니까 명옥은 3일 동안 3번의 도강 기회가 주어진 것이다. 거기에서 정필이 얼마나 명옥을 탈북시키고 싶어 하는지 그의 심정이 느껴진다.

정필은 명옥의 손을 꼭 잡고 걸으면서 그녀에게 뭔가 도움이나 힘이 될 만한 얘길 해줘야겠다고 생각했지만 적당한 말이 떠오르지 않았다. 사실 그는 말보다는 행동하는 것에 익숙한 사람이다.

탁탁탁탁…….

그때 뒤에서 급박한 발소리가 들려서 돌아보니 향숙이 캄캄한 어둠 속을 넘어질 듯이 달려오고 있다.

그녀는 멈춰서 뒤돌아보고 있는 정필과 명옥 가까이 달려와서야 할딱거리며 겨우 말했다.

"학학학… 같이 가기요……."

향숙은 헤드라이트를 끈 택시 안에 서동원과 단둘이 앉아 있는 게 무서웠다.

서동원이 무슨 짓을 할 것 같아서가 아니라 인신매매범이나 중국 공안, 아니면 그와 비슷한 자들이 덮칠 경우 서동원이 그녀를 지켜주지 못할 것을 알기에 무서웠던 것이다.

아니, 솔직하게 말하자면 그녀는 정필과 잠시라도 떨어져 있는 게 무서웠다.

그것도 그렇고 향숙은 명옥이 강을 건너는 모습을 제 눈으로 봐야 안심이 될 것 같기도 했다.

세 사람은 정필이 가운데 향숙과 명옥이 양쪽에서 그의 손을 잡고 캄캄한 시골길을 걸어갔다. 길이 좁기 때문에 세 사람은 바싹 밀착했고, 불을 비추면 위험할 것 같아서 플래시를 켜지도 않았다.

세 사람은 묵묵히 두만강이라고 짐작하는 방향으로만 계속 걸어갔다.

명옥은 6일 전에 두만강을 건너 이 길로 왔었지만 어디가 어딘지 하나도 기억을 하지 못했다.

브로커도 없이 벌거벗은 몸으로 두만강을 건너고 나서 젖은 몸에 옷을 입고 어디로 가야 하는지도 모르고 무작정 발길 닿는 대로 걸었던 명옥에게 이곳 지리를 기억하라는 것은 무리다.

"울 아바이는 총살당했슴다."

묵묵히 걷기만 하던 명옥이 갑자기 독백처럼 중얼거려서 정필과 향숙은 깜작 놀랐다.

"올 여름에 대홍수가 난 후에 먹을 거 구하러 도강해서 연변에 들어갔다가 중국 공안에게 붙잡혀 북송돼서리 온성 남양 보위부에 넘겨졌는데… 사흘 후에 마을사람들이 모여 있는 온성 읍내 장마당 공터에서 공개 총살당했슴다."

명옥은 울지도 않고 착잡한 얼굴로 신부에게 고백성사라도 하듯이 말했다.

북한에는 그런 일이 다반사라서 향숙은 별로 놀라지 않았지만 착잡한 마음으로 물었다.

"너네 아바이 어카다 총살당했니야?"

"6월 말에 장군님 교시가 로동당에 내려왔는데 아바이는 본보기로 걸린기야요. 운이 나빴슴다."

명옥은 교시를 내린 장군님을 원망하지 않고 아버지가 운이 나빴다고만 말했다.

북한 사람들은 어려서부터 세뇌 교육을 받기 때문에 장군님을 원망할 줄 모른다. 장군님은 신앙이고 하늘이기 때문이다. 다만 모든 게 미국 승냥이놈들과 남조선 괴리도당이 북조선에 경제제재를 가하는 바람에 이 지경이 됐다고 알고 있다.

향숙이 몸을 바르르 떠는 게 그녀의 손을 잡고 있는 정필에게 전해졌다.

"위대한 공화국 인민들이 중국에 넘어가서리 거지새끼처럼 구걸하는 꼴이 보기 흉하다고 잘 좀 단속하라는 김정일 장군님 교시가 6월 27일에 있었지 앙이 했슴메. 그래서 그거이 '627단속'이라고 한참 시끄러웠슴다. 함북에서만 그때 총살당한 사람이 수백 명임다."

정필은 억장이 무너지는 것 같아서 아무 말도 못했다. 지독하게 배가 고파 죽을 것만 같아서, 그래서 중국에 가서 구걸을 하거나 일을 하거나 어쨌든 어렵사리 먹을 것을 구해 온 것이 죄라면 죄인 북한 사람들이다.

그런데 평소에는 대충 눈감아주다가 인민들 배급도 주지 못하는 그 잘나빠진 병신 돼지 새끼가 교시하는 한마디에 죄 없는 사람들을 본보기로 가족과 많은 사람이 보는 데서 공개 총살시키다니, 그런 개 같은 경우가 어디에 있다는 말인가.

언덕을 오르면서 명옥이 어른처럼 한숨을 내쉬었다.

"휴우… 그때부터 아매(엄마)는 아무것도 하지 못하고 매일 울기만 했슴다. 우리 다 같이 죽자, 아바이 따라서 우리도 모두 죽자. 그런 말만 자꾸 했슴다. 그래서 견디다 못 해서리 제가 먹을 거 구하러 도강한 거임다."

어느덧 세 사람은 두만강 가에 이르렀다. 세 사람이 서 있는 곳에서 야트막한 풀숲의 언덕이 10m쯤 이어지고 그 끝에 시커먼 두만강이 괴물처럼 구불거리면서 흐르고 있다.

정필은 두만강을 바라보면서 문득 이 강이 그리스 신화에 나오는 저승으로 이르는 5개의 강 중에서 레테의 강처럼 느껴졌다.

망각의 강인 레테의 강을 건너면 이승에서의 기억을 깡그리 잊는다고 하지만 그래도 사랑의 기억만은 지우지 못한다고 한다.

명옥 말로는 이곳이 온성에서 가장 강폭이 좁고 수심이 얕은 곳이라서 많은 사람이 이용한다는 것이다. 이른바 이곳이 골든 루트인 셈이다. 그렇지만 오늘 밤에는 아무도 보이지 않았다.

강가에서 조금 떨어진 우거진 마른 갈대 속에 숨어서 정필은 두만강을 자세히 살펴보았다.

강폭은 35m 정도로 그리 넓지 않아서 건너기에는 안성맞춤인 것까지는 좋았는데 밤하늘에 떠 있는 달이 반달에서 보름달로 가고 있는 중이라서 너무 밝았다.

게다가 밤하늘에는 구름마저 한 점 없어서 50m 밖의 사물이 흐릿하게 보일 정도다.

강 건너 북한 쪽 상둑의 국경수비대 초소에서는 강을 건너는 모습이 육안으로 보이지는 않을 테지만 혹시 인민군 병사가 강 아래에 내려와 있다면 도강하는 사람이 보일 수도 있을 것이다.

정필이 시계를 보니 밤 9시 45분이다. 지금쯤 두만강을 건너야지만 명옥이 배낭을 메고 자정 전에 집에 도착할 수 있을 것이다.

밤이 늦으면 북한 마을에는 규찰대 같은 자들이 돌아다닌다고 하니까 그들에게 걸리면 좋을 게 없다.

정필이 쳐다보자 명옥은 그게 신호라고 생각했는지 주섬주섬 옷을 벗기 시작했다.

"명옥아, 빤스도 벗어라이."

지켜보는 향숙이 코치를 했다. 빤스를 입고 건너면 젖은 빤스를 그대로 입었다가 그게 얼어붙으면 고생이 말이 아니기 때문이다.

11월 말이면 두만강은 영하의 매서운 추위의 날씨다. 정필이 아까 출발하기 전에 기온을 보니까 영하 7도였다.

옷을 입고 있어도 추운 영하의 날씨에 젓가락처럼 깡마른 명옥이 알몸으로 두만강을 건너야 한다는 생각을 하자 정필은 가슴이 시렸다.

명옥이 벗은 옷을 향숙이 준비해 온 노끈을 갖고 익숙한 솜씨로 둘둘 싸서 꽁꽁 묶었다.

빤스까지 다 벗은 명옥은 사시나무 떨듯이 온몸을 와들와들 떨고 이빨을 딱딱 마주치면서 두 손을 늘어뜨리고 정필을 바라보았다.

명옥은 18살이면서도 키가 145㎝ 남짓밖에 되지 않았다. 제대로 먹지 못한 영양결핍이라서 한창 성장해야 할 시기에 자라지 못한 탓이다.

앙상한 어깨에는 쇄골이 뽑힐 것처럼 드러나 있고, 설익은 복숭아 한 개를 반으로 쪼개서 엎어놓은 것 같은 빈약한 가슴에 보기 싫게 드러난 갈비뼈와 쪼그라든 배, 그리고 신비롭고 아름다워야 할 여자의 상징은 그저 몇 올의 터럭만 어수선하게 자랐을 뿐이다.

명옥은 얼굴 가득 부끄러운 표정이지만 몸을 가리려고 하지는 않았다. 마치 정필 앞에선 부끄러워도 상관이 없다는 듯한 모습이다.

향숙은 얼른 명옥의 옷 다발을 그녀의 머리에 얹고 노끈으로 머리와 턱을 칭칭 묶어주었다.

정필은 명옥의 손을 잡고 강으로 다가갔다.

바삭… 바스락…….

발밑에서 마른 풀이 밟히는 소리를 들으면서 정필의 마음은 착잡하기 이를 데 없었다.

지금이 영하 7도인데 강가에는 강바람이 불어서 더 춥다. 더구나 명옥은 벌거벗었기 때문에 체감온도가 영하 20도 이상일 것이다.

정필은 안쓰러운 얼굴로 명옥을 쳐다보았다.

"춥지 않니?"

부질없는 물음이다. 왜 춥지 않겠는가.

명옥은 새파랗게 질렸으면서도 웃으려고 애쓰면서 와들와들 떨어댔다.

"추… 춥지… 않습다……."

체감온도가 영하 20도인 상황에 차디찬 강물 속에 들어가면 영하 30도, 아니, 그 이상일 것이다.

정필은 갑자기 '이런 빌어먹을 세상……'이라면서 내심으로 불쑥 욕이 퍼부어졌으나 어금니를 악물고 참았다.

스슥…….

정필이 갑자기 걸음을 멈추더니 옷을 벗기 시작하자 향숙이 깜짝 놀랐다.

"선생님, 뭐하시는 검까?"

"명옥이 혼자 강을 건너게 하는 건 무리입니다. 내가 업고 가야겠습니다."

명옥은 충격과 고마움 때문에 눈물이 왈칵 쏟아졌고, 큰 감동을 받은 향숙은 가슴이 터질 것만 같았다. 세상에 이런 사람이 대체 어디에 있다는 말인가. 그래도 향숙은 정필을 말려야만 했다.

"선생님, 저기 강 건너는 북조선 땅입다. 남조선 분인 선생님이 건너갔다가 붙잡히면 어케 되는지 아심까?"

"붙잡히지 않을 자신 있습니다."

정필은 자신 있게 말했지만 사실 벌거벗은 몸으로 두만강을 건넜다가 북한 국경수비대의 무장한 병사라도 마주치게 되면 용뺄는 재주가 없다.

격투기로 순식간에 상대를 제압하지 못한다면 상상하기도 싫은 일이 벌어지고 말 것이다.

그렇지만 그런 일이 일어나지 않도록 최대한 조심에 조심을 기해야 할 것이다.

어떻든 간에 명옥을 이대로 혼자 체감온도 영화 30도 이상의 차디찬 강물에 들어가게 할 순 없다는 것이 정필의 생각이다.

명옥이 강을 건너다가 추위에 사지가 마비되면 그대로 강물 속에 가라앉아서 떠내려가고 말 것이다.

정필은 사타구니에 딱 달라붙는 팬티 하나만 남기고 다 벗었다. 하지만 그는 강을 건너갔다가 돌아와서 젖은 팬티 위에 청바지를 입었을 때를 상상하고는 아예 팬티마저도 벗어야겠다고 생각했다.

슥―

정필이 팬티까지 벗자 명옥은 와들와들 떨면서 가만히 서서 지켜보는데 향숙은 움찔 놀라서 얼른 외면했다.

그렇지만 향숙은 이런 상황에서 언제까지 외면하고 있을 수만은 없다는 것과 정필의 숭고한 마음을 잘 알기에 조심스럽게 정필을 보았다.

정필의 벗은 몸은 향숙으로선 단 한 번도 본 적이 없는 구릿빛의 멋들어진 조각상이었다.

향숙의 시선이 자신도 모르게 정필의 남성으로 향했다가 제 스스로 화닥닥 놀라서 고개를 돌렸다.

운동화까지 벗은 정필은 운동화와 옷을 둘둘 말아서 풀숲에 감추고 지체 없이 배낭을 명옥에게 메게 하고 웅크리고 앉아서 등을 내밀었다.

"업혀라."

명옥이 깡마른 몸을 자신의 단단한 등에 포개자 정필은 거침없이 두만강으로 나아갔다.

"명옥아, 오빠 목을 꼭 잡아라."

명옥은 지금껏 정필을 '선생님'이라고 불렀는데 그가 '오빠'라고 하자 그가 이 세상의 어느 누구보다도 가장 존경스럽고 믿음직스러운 존재처럼 느껴졌다.

대체 이 세상의 어느 누가 명옥에게 이처럼 친절하고도 희생적으로 대해준다는 말인가. 명옥의 부모 외에는 아무도 없었다.

"네."

향숙은 명옥을 업고 어두운 두만강으로 걸어 들어가는 정필의 단단하고 울퉁불퉁한 근육질의 두 다리와 엉덩이를 바라보았다.

'나는 천사(天使)라는 거이 무시긴지 자세히 모르겠지만서두 그런 게 있다면 바로 저분이 천사가 앙이겠슴메? 불쌍한 우리를 위해서 하늘이 내려 보낸 천사가 아이면 어째 저리 훌륭하다는 말이야?'

향숙은 어둠 속으로 사라지는 정필의 뒷모습을 놓치지 않으려고 뚫어지게 보는데 자꾸만 눈물이 흘렀다.

정필은 얼어붙은 강을 조심스럽게 한 걸음씩 빠르게 전진했다. 얼음을 딛는 발바닥이 몹시 차가웠지만 견디지 못할 정도는 아니다.

끼기이…….

얼음 위를 7~8m쯤 전진했을 때 정필이 내디딘 발아래에서 얼음이 갈라지는 소리가 흘러나왔다. 강 가운데는 아직 얼음이 두껍게 얼지 않았다.

정필은 멈춰서 발을 일부러 세게 굴렀다.

퍼석…….

얼음이 깨지면서 그의 하체가 물속으로 쑥 빠져들더니 금세 허리까지 물이 찼다.

찌르르… 하면서 수천 개의 바늘이 하체를 마구 찔러대는 고통이 엄습했다. 차디찬 강물이 최초로 몸과 마주쳤을 때의 반응이다.

언제 깨질지 모르는 얼음 위를 조심스럽게 걷다가 어느 순간 얼음이 깨져 버리면 몸이 중심을 잃게 되어 쓰러지거나 엎어질지도 모른다.

혼자라면 상관이 없지만 명옥을 업은 상태에서는 위험을 줄이는 게 좋다. 그래서 일부러 얼음을 깨서 물속으로 뛰어든 것이다.

"물이 많이 불었습다."

정필에게 업힌 명옥은 강물이 정필의 허리에서 가슴으로 오르는 것을 내려다보며 걱정스럽게 중얼거렸다.

"제가 내리겠습다."

"무동을 타라."

"네?"

명옥이 내리겠다는데 오히려 무동을 타라는 정필의 말에 명옥은 깜짝 놀랐다.

정필은 물속에서 상체를 굽히면서 재촉했다.

"명옥아, 오빠 목에 올라앉아라. 어서."

명옥이 꿈틀거리면서 정필의 뒷목에 사타구니를 걸치고 올라앉자 그는 명옥이 넘어지지 않도록 그녀의 두 다리를 붙잡았다.

"오빠 이마를 꼭 잡아라."

명옥이 두 손으로 이마를 잡자 정필은 강물이 가슴까지 찬 상태에서 발끝으로 강물 바닥을 이리저리 밟으면서 천천히 전진했다.

강물이 이렇게 깊은데 명옥이 혼자였으면 건너지 못했을 것이다. 또한 정필의 등에 업힌 상태로 건넌다고 해도 몸이 다 젖어서 추위를 견디기 어려웠을 것이다.

명옥은 자신의 은밀한 부위가 정필의 뒷목 불룩 튀어나온 곳을 짓누르고 있는 것을 느꼈지만 부끄러움이나 이상한 감정 따윈 추호도 느끼지 않았다.

그저 정필이 한없이 고맙고 존경스러운 존재이며 그를 위해서라면 죽는 것마저도 전혀 두렵지 않을 것 같다는 마음만 생길 뿐이다.

척!

"됐다."

정필은 두 번째로 북한 땅을 밟았다. 그는 강 건너에 닿자 자신은 아직 물속에 있으면서 상체를 굽혀 명옥부터 땅에 내려주었다.

그리고는 얼른 올라가서 명옥 머리에 묶여 있는 노끈을 풀어서 옷을 건넸다.

"어서 옷 입어라."

명옥이 허리까지 오는 누렇게 마른 풀숲 속에서 재빨리 옷을 입고 있는 동안 정필은 강둑 쪽과 주위를 살펴서 아무도 없는 것을 확인했다.

"어서 가라."

옷을 다 입은 명옥은 구부정한 자세로 마주 보고 서 있는 정필 앞을 떠나지 못했다.

"오… 라바이라고 불러도 됨까?"

"그럼."

명옥은 정필에게 한 걸음 다가서며 그를 바라보았다.

"내래 오라바이를 죽어도 앙이 잊을 검다."

그렇게 말하면서 명옥은 정필 품에 와락 안겼다. 정필은 명옥의 등을 어루만지고 토닥였다.

"4일 후에 만나자. 만약 그때 못 오면 오빠가 10일 동안 매일 여기에 와서 기다리겠다."

원래는 4일 후에 못 오게 되면 이후 2일까지 더 기다리겠다고 약속했었지만 정필은 2일을 10일로 늘였다.

"꼭 오갔슴다. 내래 죽어서 혼령이라도 오라바이에게 꼭 오갔슴다."

그 말을 듣고 정필은 갑자기 은애 생각이 나서 콧날이 시큰

해지고 가슴이 먹먹했다.

"나는 죽은 명옥이는 필요 없다. 살아서 다시 만나자."

그러고는 명옥이 무슨 말을 하기도 전에 얼른 그녀를 품에서 떼어 강둑 쪽으로 떠밀었다.

"돌아보지 말고 어서 가라."

정필이 돌아보지 말라고 했지만 명옥은 어둠 때문에 보이지 않게 될 때까지 몇 번이나 뒤돌아보다가 이윽고 정필의 시야에서 사라졌다.

그렇지만 정필은 풀숲에 몸을 감추고 명옥이 걸어가고 있을 궤적을 계속 좇았다.

명옥은 보이지 않지만 잠시 후에 그녀가 강둑 위에 올라서면 보일 것이기에 강둑 너머로 사라지는 것을 정필의 눈으로 확인하려는 것이다.

과연 5분쯤 후에 명옥의 키와 체구를 닮은 검은 물체 하나가 강둑 위에 잠시 나타났는가 싶다가 이내 그 너머로 사라지자 비로소 정필은 몸을 돌려서 강물로 들어가 중국 쪽으로 나아갔다.

정필이 두만강을 절반쯤 건너 20m쯤 남겨둔 지점까지 왔을 때 그는 중국 쪽 땅 위에 당연히 서서 기다리고 있어야 할 향숙이 보이지 않는 것을 알게 되었다.

기다리던 향숙이 택시로 돌아갔을지도 모른다는 생각과 함께 어쩌면 그녀에게 무슨 일이 생겼을지도 모른다는 불길함이 정필의 뇌리를 스쳤다.

그는 머리만 물 밖으로 내민 상태에서 빠르게 전진하여 살쾡이처럼 날렵하게 얼음 위에 납작하게 엎드려 엉금엉금 기어서 땅에 올라갔다.

"으읍… 음……."

그런데 정필이 옷을 감춰둔 풀숲으로 가려는데 멀지 않은 곳에서 답답한 신음 소리가 들렸다.

순간적으로 그는 그것이 향숙이 내는 소리라고 간파하여 그곳으로 빠르게 다가갔다.

잠시 후에 그가 우거진 풀숲 속에서 발견한 것은 두 명의 사내가 벌거벗은 향숙을 강제로 범하고 있는 광경이었다.

정필이 돈을 줘서 영실이 백화점에서 사다준 청바지와 파카, 그리고 속옷마저 깡그리 벗겨져서 뽀얀 속살을 드러낸 여전히 깡마른 향숙의 머리맡에서 한 사내가 그녀의 두 팔을 한 손에 그러모아서 쥐고 다른 손으로는 그녀의 입을 틀어막고 있었다.

그리고 바지를 종아리에 걸치고 허연 궁둥이를 드러낸 또한 사내가 그녀 위에 엎드려서 그녀의 다리를 찢어질 것처럼 벌린 상태에서 막 일을 치르려는 중이다.

향숙은 몸을 뒤틀면서 저항했지만 억센 두 사내 앞에서는 무기력하기만 했다. 그녀는 계속 도리질을 하며 비참한 눈물을 흘렸다.

그 광경을 발견한 정필의 눈에서 불꽃이 확 튀었다.

그 순간 정필의 몸이 번뜩 허공을 날더니 엎드려 있는 사내의 등짝을 무릎으로 찍었다.

으직!

"커억!"

뒤이어 향숙의 손을 잡고 입을 틀어막은 사내가 놀랄 틈을 주지 않고 콧등에 정필의 주먹 정권치기가 쑤셔 박혔다.

빡!

"끅!"

두 사내는 자신들이 누구에게 어떻게 당했는지도 모른 채 한 놈은 풀숲에 다른 놈은 향숙 위에 엎어져서 죽는다고 끙끙 앓는 소리를 냈다.

정필이 향숙 위에 엎어진 사내의 뒷머리를 움켜잡고 자기 앞으로 확 끌어당기면서 얼굴의 관자놀이를 역시 무릎으로 무지막지하게 찍었다.

쩍!

"와!"

향숙이 엉금엉금 기어서 옆으로 빠져나갈 때 정필은 두 사내의 머리를 양손으로 잡고 냅다 박치기를 시켰다.

뻐걱!

그걸로 두 사내는 벌렁 자빠져서 기절해 버렸다. 죽지는 않더라도 최소한 어디 한두 군데 병신이 됐을 것이다.

"괜찮습니까?"

정필이 몸을 일으켜 향숙에게 다가가며 손을 뻗었다.

향숙은 비틀거리면서 일어서더니 울음을 터뜨리면서 정필 품으로 쓰러졌다.

"으흑흑……!"

벌거벗은 젖은 몸의 정필과 벌거벗은 향숙이 스산한 달빛 아래 풀숲에서 서로를 부둥켜안고 있다. 그렇지만 이들은 그 저 평범한 남녀가 아니라 보호자와 연약한 탈북녀의 관계일 뿐이다.

그리고 하나가 더 있다면, 향숙에게 정필은 그저 단순한 보호자가 아닌, 무조건적으로 존경해 마지않는 절대자 같은 존재다.

"흑흑흑… 저놈들이 저를 도강한 북조선 에미나이라고 하면서리 좋은 곳에 소개해 주겠다면서… 흐으응… 흑흑……!"

정필은 아무 말도 하지 못하고 향숙의 등만 쓰다듬었다. 이놈의 더러운 땅은 어째서 북한 여자만 보면 온갖 추잡한 짓거리로 잡아먹으려고 드는지 모르겠다.

더구나 향숙은 박종태 일당에게 감금됐을 때 강간을 당한 적이 있었는데 이번에는 명옥을 업고 두만강을 건너간 정필을 기다리고 있는 짧은 시간에 또다시 강간을 당할 뻔했으니 참으로 기구한 일이다.

"이제 괜찮습니다. 옷 입으세요."

정필은 향숙을 품에서 떼어내고 그녀의 얼굴을 휘감은 머리카락을 두 손으로 쓸어 올려주었다.

"네."

눈물을 흘리며 고즈넉이 대답하는 향숙의 얼굴이 달빛을 받아 빛나고 있었다.

정필은 문득 향숙이 매우 아름다운 미모를 지녔다는 사실을 지금 처음 깨달았다.

그녀의 유난히 긴 속눈썹 아래에는 빨려들 것 같은 그윽한 검은 눈이 자리를 잡고 있으며, 그 아래는 얼핏 도도하게 보일 듯한 콧날이 뾰족하게 솟아 있다. 그리고 장미 꽃잎을 물고 있는 것처럼 약간 두툼하면서 붉은 입술이 살짝 벌어져서 치아가 박속처럼 하얗게 빛나고 있었다.

정필은 예전부터 남남북녀(南男北女), 즉 남한의 남자들이 잘생겼고 북한 여자들이 아름답다는 말을 할아버지로부터 수없이 들었는데 이제 보니 그 말이 사실인 것 같았다.

향숙이 옷을 입는 동안 아직 분이 풀리지 않은 정필은 쓰러져 있는 두 사내에게 달려들어 냅다 발길질을 몇 번 더해주고서야 자신도 옷을 입었다.

이곳이 온성에서 중국 땅으로 넘어오는 두만강의 도강 골든 루트다 보니까 두 사내 같은 작자들이 이곳에서 대기하고 있다가 탈북하는 여자들을 낚아채서 강간하고 또 인신매매로 팔아넘기는 모양이었다.

정필은 옷을 다 입고서도 쉽사리 그 자리를 떠나지 못했다. 기절해 있는 두 사내를 죽여 버리고 싶은 충동을 떨쳐 버리기 어려웠기 때문이다.

"승냥이 같은 새끼들……."

정필은 이를 갈면서 돌아섰다. 살인은 박종태와 권승갑을 죽인 것으로 충분하다고 생각했다.

제8장
저 임신하면 어카지요?

  정필과 향숙이 옷을 입고 택시로 돌아왔을 때 기다리다가 지쳤는지 서동원은 히터를 켠 운전석에서 세상모르고 깊은 잠에 빠져 있었다.

  정필이 향숙을 뒷자리에 태우고 조수석으로 가려는데 그녀는 그의 옷자락을 꼭 붙잡고는 두려운 표정으로 아무 말도 하지 않았다.

  정필은 향숙의 마음을 알아차리고 그녀 옆에 앉으면서 서동원에게 말했다.

  "연길로 돌아갑시다."

연길로 향하는 택시 안에서 정필과 향숙은 영실네 집에 도착할 때까지 아무 말도 하지 않았다.

향숙은 가슴을 내어준 정필의 품에 안겨서 내내 소리를 내지 않고 울기만 했다.

자신의 기구한 처지를 생각하면 눈물밖에 나오지 않았고, 또한 그런 자신을 아무 이유 없이 받아주어 무조건적으로 보호해 주는 정필을 생각하면 감격의 눈물이 멈춰지지 않았기 때문이다.

정필은 무슨 일이 있어도 향숙과 그녀의 딸 송화를 한시바삐 한국으로 보내야겠다고 마음먹었다.

정필과 향숙이 손영실네 아파트로 돌아왔을 때 전혀 예상하지 않았던 사건이 두 사람을 기다리고 있었다.

정필이 영실네 아파트 현관문을 평소에 약속을 정해놓은 대로 세 번 두드리고 잠시 쉬었다가 두 번, 그리고 다시 세 번 두드렸을 때 문을 열어준 사람은 영실이 아니라 뜻밖에도 순임이었다.

"영실 언니가 상기도 앙이 왔슴다."

얼른 현관문을 닫고 들어간 정필에게 순임이 금방이라도 울 것 같은 얼굴로 하소연하듯 말했다.

순임 뒤에는 송화와 다른 3명의 젊은 탈북녀가 겁먹은 얼굴로 모여 서 있었다.

정필은 즉시 아파트에서 나와 대로 쪽으로 내달렸다.

영실이 아파트에 탈북녀들이 있는 걸 알면서도 이렇게 늦은 시간까지 귀가하지 않았다는 것은 그녀의 신변에 무슨 일이 생겼다는 뜻이다.

자정이 다 돼가는 시간이라서 거리에는 택시가 보이지 않았기에 정필은 달리기 시작했다.

영실네 집이 있는 명신촌(明新村)에서 홍남국밥집이 있는 하남가(河南街)까지는 2㎞ 정도의 거리이며, 정필은 택시를 타고 한 번 와봤던 길을 거슬러서 달렸다.

길을 제대로 모르기 때문에 일단 부르하통강이 있는 북쪽으로 달렸다가 가로로 뻗은 장백산서로가 나오자 다시 오른쪽으로 꺾었다.

특전사 시절에는 지도 한 장 가지고 수백 ㎞를 가기도 하고, 어떨 때는 지도조차 없이 나침반과 밤하늘의 별이나 달을 이정표삼아서 산악행군을 할 때도 있었다.

400m쯤 달리니까 낯익은 거리가 오른쪽으로 뻗어 있다. 영실은 그 길을 광화로(光華路)라고 알려주었었다. 홍남국밥집은 광화로 두 번째 골목 안에 있다.

"헉헉헉……."

손영실네 집에서 전력으로 달려 8분 만에 도착한 흥남국밥집 앞에서 정필은 자신을 기다리고 있는 새로운 광경에 직면하여 적잖이 놀라고 말았다.

희미한 가로등 불빛만 컴컴한 골목을 비추고 있는 가운데 흥남국밥집은 불이 꺼져 있었지만 심상치 않은 일이 벌어졌다는 사실을 정필은 골목어귀에서부터 느낄 수 있었다.

흥남국밥집은 원래 미닫이 유리문에 골목 쪽으로 길게 유리벽으로 이어졌는데 지금은 어디가 입구이고 벽이었는지 모를 정도로 아주 박살이 나 있었다.

골목에는 인적이 전혀 없고 흥남국밥집의 깨진 유리 조각들이 길바닥에 흩어져 있었다.

자그락… 자각!

정필은 착잡한 마음을 안고 바닥에 깔린 유리 조각들을 밟으면서 국밥집 안으로 들어갔다.

골목의 가로등 불빛만이 가게 안을 비추고 있는 탓에 매우 어두컴컴해서 그는 스위치가 있을 만한 곳을 더듬어서 불을 켰다.

그리고 정필의 눈앞에 펼쳐진 광경은 입구나 유리벽보다 더 처참했고 그의 예상을 뛰어넘는 것이었다.

커다란 국밥 솥이 바닥에 엎어져서 온 바닥에 국과 건더기가 흥건했으며, 부서진 테이블과 의자들, 박살 난 그릇들이 흡사 전쟁터를 방불케 했다.

도대체 이 평범한 국밥집에서 무슨 일이 일어났었는지 상상조차 할 수가 없을 정도다.

그러나 그런 건 어쨌든 좋았다. 가게가 이 정도로 난장판이 됐다면 영실은 어떻게 됐을지 그게 걱정이 돼서 정필은 마음이 어수선했다.

바삭…….

"뉘기요?"

그때 입구에서 유리 조각 밟는 소리와 함께 늙수그레한 노인의 목소리가 들렸다.

정필은 노인이 혹시 이웃사람이 아닐까 하는 마음에 급히 고개를 숙여 인사를 했다.

"저는 여기 손영실 씨 친척입니다. 혹시 무슨 일이 있었는지 어르신께서 아십니까?"

"영실이 친척이라고?"

정필은 대로로 달려 나왔다. 이곳은 번화가라서 곧 추주처 택시가 눈에 띄어 잡아탔다.

그는 중국어를 몰라서 조금 전에 만났던 노인에게 부탁하여 병원 이름을 적어달라고 한 쪽지를 택시 기사에게 내밀었다.

택시 기사는 고개를 끄떡이고는 택시를 출발시켰는데 조급한 정필의 속을 모르는지 느긋하게 달렸다.

조수석에 앉은 정필이 빨리 달리라고 손짓을 해 보이자 그제야 기사는 속도를 높였다.

조금 전에 노인은 홍남국밥집에서 일어난 일에 대해서 자기가 눈으로 본 것만 대충 설명했다.

노인네는 근처에서 아들내외와 함께 만두집을 하고 있는데, 아까 저녁나절에 갑자기 와장창! 하는 소리가 들려서 밖으로 나와 보니까 홍남국밥집 입구와 유리벽이 죄다 박살 나서 깨졌으며, 가게 안에서 뭘 때려 부수는 소리가 요란하게 터져 나왔다고 한다.

그래서 노인이 가보니까 건달 다섯 명이 홍남국밥집 내부를 모조리 때려 부수고 있었으며, 그중에 한 명이 영실이를 밖으로 끌어내서 몇 차례 주먹질과 발길질을 했는데, 영실은 얼굴이 피투성이가 되어 쓰러지더니 그때부터는 꼼짝도 하지 못하더라는 것이다.

건달들은 쓰러진 영실을 협박하면서 누군가의 행방을 묻는 것 같았는데 영실은 신음 소리만 끙끙 낼 뿐 아무 말도 못하다가 건달들이 물러간 후에 구급차에 실려서 병원으로 갔다고 한다.

'흑사파 놈들이 분명하다……!'

정필은 이를 악물면서 속으로 중얼거렸다. 국밥 장사를 하는 영실이 가게를 때려 부수고 매를 맞을 정도로 건달들하고 원한을 맺었을 리가 없다.

일주일쯤 전에 흑사파 건달 3명이 국밥집에서 영실을 희롱하다가 나중에는 정필의 뒤통수를 때리는 바람에 싸움이 붙었다가 박살 난 적이 있었다.

그때 정필은 건달들에게 싸우기 전에 뒤끝 없이 깨끗하게 싸우자고 말했었고 건달들도 그러마고 약속했었다. 정필은 건달들하고는 약속을 하지 말아야 한다는 사실을 이번 기회에 알게 되었다.

"개자식들……."

탁!

분을 참느라 씨근거리는 정필이 주먹으로 제 손바닥을 치면서 중얼거리자 택시 기사가 깜짝 놀라서 쳐다보았다.

정필은 연길시 중의병원 응급실에 누워 있는 영실을 발견하고 허파가 뒤집어지는 줄 알았다.

처음에 정필은 영실을 알아보지 못하고 응급실에 누워 있는 다른 환자들을 기웃거렸다.

영실이 시퍼렇고 벌겋게 피멍이 들어 퉁퉁 부은 얼굴로 누위 있었기 때문에 알아보지 못한 것이다. 설마 영실이 그처럼 엉망진창의 모습이 됐을 줄은 정필로서는 꿈에도 상상하지 못했었다.

뿐만 아니라 영실은 왼쪽 다리 정강이뼈와 갈비뼈 3개가 부러져서 산송장처럼 누워 있었다.

정필은 잠을 자는지 기절을 했는지 눈을 꼭 감고 누워 있는 영실 옆에 앉아서 착잡한 마음을 가누지 못했다.

만약 영실을 이렇게 만든 게 흑사파가 맞는다면 정필 때문에 영실이 이렇게 된 것이다.

일주일 전에 정필이 그냥 흑사파 건달에게 뒤통수를 한 대 얻어맞는 것으로 대충 참고 넘어갔더라면, 아니면 영실의 말을 듣고 도망쳤더라면 이런 불행한 일은 일어나지 않았을 것이기 때문이다.

응급실은 난방도 제대로 되지 않아서 냉골이나 다름이 없는데 영실이 이불도 덮지 못한 채 누워 있는 모습을 보고 정필은 조선족 간호사에게 부탁해서 이불을 가져와서 그녀가 깨지 않도록 조심스럽게 덮어주었다.

그는 영실 옆에 앉아서 그녀의 조그만 손을 두 손으로 가만히 잡았다.

이 조그맣고 여린 손으로 국밥집을 당차게 꾸려 나가고 있으며, 자신의 아파트에 7명이나 되는 탈북녀를 맡아줄 수 없느냐고 정필이 물었을 때 영실은 한순간도 망설이지 않고 그러겠다고 흔쾌히 받아들였었다.

"음……."

정필이 손을 잡아서인지 영실이 눈을 파르르 떨면서 깼다. 정말이지 찐빵처럼 부풀어 오른 눈두덩 속에 파묻힌 눈이 떠진 것인지 감았는지 분간하기조차 어려웠다.

"누님……."

정필은 가슴속에 바윗덩이가 들어앉은 것 같아서 그 말뿐 더 이상 말을 잇지 못했다.

"정필 씨… 왔구나……."

영실이 말을 하자 찢어진 입술이 터져서 피가 흘렀다.

"아무 말 하지 마십시오."

정필이 급히 헝겊으로 입술의 피를 닦으며 말하는 데도 영실은 얼굴을 일그러뜨리면서 더듬거렸다.

"명옥이… 잘… 갔어……?"

울컥! 하고 감정이 격해져서 정필의 목젖이 오르내렸다. 영실은 이 지경이 되고서도 명옥이 두만강을 잘 건너갔는지 그걸 걱정하고 있다.

"무사히 갔습니다."

"그래… 징필 씨가 애썼어……."

영실이 자꾸 말을 하니까 겨우 아물었던 입술이 터져서 계속 피가 흘렀다. 그게 정필의 마음을 더 아프게 만들었다. 마치 그의 마음이 생채기를 입어서 주룩주룩 시뻘건 피를 흘리는 것만 같았다.

"그만 말해요, 누님."

영실은 웃으려고 애쓰는 것 같은데 그건 웃는 게 아니라 얼굴이 자꾸 일그러질 뿐이었다.

"어째 그럼메… 나는 정필 씨 봐서 반가운데……"

정필은 시퍼렇게 멍이 들어 퉁퉁 부은 영실의 모습이 그렇게 예뻐 보일 수가 없었다.

정필이 병원에 와서 알게 된 사실이지만 영실은 형제는 물론이고 일가친척이라곤 한 명도 없는 외톨이었다.

그랬기에 병원에서는 영실의 보호자에게 연락도 하지 못하고 우선 급한 대로 대충 치료만 해놓은 상태였다.

정필은 조선족 간호사에게 영실을 이 병원에서 제일 좋은 병실로 옮겨줄 것과 최대한의 치료와 서비스를 제공해 줄 것을 요구했다.

영실에게 든든한 한국인 보호자가 있다는 사실을 알게 된 병원 측은 정필이 요구한 지 5분도 못 돼서 그녀를 난방이 빵빵하게 잘되는 1인용 특실로 옮겼으며, 의사와 간호사들이 몰려들어 집중적으로 치료를 하기 시작했다.

치료를 하는 동안에도 정필은 영실 곁에서 한 발자국도 벗어나지 않고 지켜보았다.

치료를 끝낸 의사와 간호사들이 물러가고 나서 영실은 침대 옆에 앉아서 자신의 손을 잡고 있는 정필을 보면서 눈물을 흘렸다.

"정필 씨… 내… 이런 호사 누려보는 거이 처음이야."

그녀의 말에 정필은 가슴이 저렸다. 정필이 연길에 오기 전에 할아버지 최문용이 감기가 폐렴으로 도져서 병원에 입원했을 때에는 온 가족이 돌아가면서 불침번을 서듯이 병원에 드나들었다.

그리고 엄마는 시아버님이 드실 죽이나 밥, 반찬을 매일 새로 해서 병원으로 날랐었다.

그런데 영실은 반죽음이 돼서도 보호자 없이 응급실에 내버려지듯 방치된 상태로 누워 있다가 기껏 정필의 보호를 받게 된 것을 난생처음 누려보는 호사라면서 어린아이처럼 좋아하고 있다.

정필은 아무 말도 못하고 영실의 손을 꼭 잡고만 있었다.

영실을 보호해 주고 싶지만 그는 머지않아서 이곳을 떠날 사람이라서 섣부른 약속을 할 수가 없다. 그 사실이 정필을 또한 슬프게 만들었다.

정필은 영실이 잠든 사이에 병원 일 층 휴게실로 내려와서 아파트로 전화를 걸었다. 3번 신호음이 간 다음에 끊고서 다시 걸어서 2번, 그리고 또다시 3번 신호음이 울렸다. 그게 정해놓은 약속이다.

향숙이 전화를 받았다. 영실이 걱정돼서 아무도 자지 못하고 거실에 모여서 겁에 질려 있다고 했다.

정필은 그녀들을 걱정시키지 않으려고 영실이 단지 몸이 아파서 병원에 입원했다고만 말했다.

하지만 그것만으로도 향숙은 영실이 금방 죽기라도 할 것처럼 크게 걱정을 했다.

정필은 자신이 영실을 돌봐야 하기 때문에 오늘 밤은 향숙들끼리 자라고 말해주고 전화를 끊었다.

영실은 거의 침대에서 꼼짝할 수 없는 상태이므로 간호사가 소변 호스를 달자고 했다.

그러나 영실은 정필 때문에 부끄러워서 그것만은 하지 않겠다고 끝까지 버텼다.

그래서 그때부터 영실이 볼일을 볼 때마다 정필이 그녀를 안아서 병실 내에 있는 화장실 변기 위에 앉혀주었다가 볼일이 끝나면 다시 안아서 침대에 눕혀주었다.

정필이 간호사에게 부탁했던 조선족 간병인이 다음 날 이른 아침에 병실에 찾아왔다.

40대 중반의 인자하게 생긴 조선족 간병인 아줌마는 정필이 두어 시간 지켜본 바에 의하면 영실을 믿고 맡겨도 안심이 될 것 같았다.

간병인 아줌마는 원래 아침 9시부터 밤 8시까지만 간병을 한다는 것을 정필이 부탁을 해서 하루 24시간 영실을 돌봐달라고 했다.

다행히 아줌마는 혼자 살고 있으며 간병인 자격증까지 지니고 있다는 것이다.

그 대신 하루 일당이 25위안인데 그 두 배인 50위안에다가 세 끼 식사비로 20위안 총 70위안을 주겠다는 정필의 말에 아줌마는 고개가 부러질 정도로 크게 끄떡였다.

정필은 오늘 아침 일찍 김길우가 기다리고 있는 심양에 가기로 약속했었지만 조금 더 늦어질 수밖에 없게 되었다.

영실 없이 탈북녀끼리만 아파트에서 지내는 것이 염려가 되어 그냥 훌쩍 떠날 수가 없었던 정필은 병원을 나와 아침 10시쯤에 아파트에 들렀다.

그가 암호로 문을 두드리자마자 향숙이 현관문을 빼꼼 열고 밖을 내다보다가 밖에 서 있는 정필을 발견하고 반색을 하며 문을 활짝 열어주었다.

"어서 들어오기요."

정필이 얼른 현관문을 닫고 들어가 보니 다들 정필 주위로 몰려들어 잔뜩 걱정하는 표정들이고, 거실에 이불이 어수선하게 깔려 있어서 6명의 여자가 밤새 거실에서 자는 둥 마는 둥 밤을 지새운 것 같았다.

"선생님, 영실 씨는 어떻습까? 어디가 어케 아픕까?"

향숙이 모두를 대표해서 초조한 얼굴로 물었다.

정필은 모두를 이끌고 안방으로 들어가서 문을 닫고 바닥에 앉게 했다.

6명의 탈북녀는 정필의 엄숙한 표정과 행동에 몹시 긴장한 얼굴이 되어 그가 시키는 대로 그를 중심으로 방바닥에 둥글게 모여 앉았다.

정필은 여자들의 괜한 걱정, 즉 자기들 때문에 영실이 무슨 고초를 겪고 있는 것이 아닌가 하는 불안감을 덜어주기 위해서 사실대로 말해주기로 마음먹었다.

설명이 끝나자 과연 여자들의 단단하게 굳었던 얼굴이 다소 풀어지면서 안도의 한숨을 내쉬었다. 자신들 때문이라는 책임감에서 벗어났기 때문이다.

그러면서 그녀들은 하나같이 정필이 잘했다고, 그런 건달

놈들은 아예 죽여 버렸어야 한다고 열을 올렸다.

"우야야! 정말 우리 선생님 멋지심다. 그런 놈들은 죽어도 쌈다."

"선생님 잘못한 거이 한 개도 없슴다. 우린 그런 것도 모르고 걱정만 하지 않았슴까?"

정필이 물어보니까 여자들은 아침 10시가 넘었는데 아직 아침 식사도 하지 않았다는 것이다.

영실이 없는 집에서 그때부터 향숙이 소매를 걷어붙이고 아침 준비를 하러 주방으로 향하고 젊은 두 여자가 향숙을 도우려고 따라 들어갔다.

"저… 선생님, 드릴 말씀 있슴다."

정필이 담배를 한 대 피우려고 베란다로 가는데 순임이 부끄러운 듯 쭈뼛거리면서 따라왔다.

느닷없는 순임의 행동에 정필은 자기도 모르게 경직됐다. 지난번 몹시 술에 취했을 때 순임을 은애로 착각하고 불미스러운 일이 있었던 것이 불쑥 떠오른 것이다.

평소에 정필은 아파트에 거의 붙어 있을 시간이 없는데 밤 늦게 돌아오고 나서도 그날 그 일이 있은 이후 순임하고 마주치는 일은 피하게 됐었다.

상황이 어쨌든 간에 그 일은 무조건 정필의 실수라서 순임을 대할 낯이 없는 것이다.

그렇지만 순임이 그 일을 기억하지 못하는 것 같아서 그게 그나마 위안이 돼주었다.

칵!

"후우……"

베란다에 앉은뱅이 의자가 두 개 있어서 정필이 앉으니까 순임이 의자를 끌어다가 그를 마주 보고 앞에 오도카니 앉으며 수줍은 표정을 지었다.

정필은 혹시 순임이 그날 일을 기억하고 있어서 그것에 대해서 말하려는 게 아닌가 염려스럽기도 했다. 정말 그 일이라면 뭐라고 해야 할지 착잡했다.

"할 말이 뭡니까?"

할 말이 있으면 어서 해보라는 식으로 정필이 말하자 순임은 조금 주저하다가 어렵게 입을 뗐다.

"연길에 제 친구가 있슴다."

그런데 순임은 전혀 뜻밖의 말을 꺼냈다.

"가까운 친구는 앙이고… 멀리 아는 친굼다. 넉 달 전에 연길에 온 친구인데 현주라고 함다. 그런데 그 친구가 연길에서 술집에 다닌다고 함다. 남자 손님하고 술을 마시면 돈도 꽤 많이 번다고 함다."

순임은 한국에 가고 싶다고 했었는데 뜬금없이 술집에 다니는 친구 얘기를 꺼내고 있다.

순임은 정필이 오해를 할까 봐 두 손을 마구 저으면서 정색을 했다.

"선생님, 오해하지 마시라요. 제가 술집에 나가겠다는 소리가 앙이고, 현주가 귀가 솔깃한 말을 해서리……."

"무슨 말입니까?"

"그 친구는 중국 공민증을 갖고 다닌답니다."

"중국 공민증… 말입니까?"

"네. 돈을 주고 샀담다."

정필은 순임의 눈이 반짝거리는 걸 보면서 물었다.

"누구한테 얼마에 샀다고 합니까?"

"갸 말이 공민증 하나 하는 데 1,000위안이랍니다. 마이 비싸지요? 저더러 중국 공민증을 사겠다면 사람을 소개시켜 주겠다고… 공민증이 있으면은 중국 공안을 겁내지 않고 돌아댕길 수 있지 앙이 하겠슴둥?"

"후우……."

정필은 마지막 한 모금을 길게 빨고 담배를 껐다.

중국 공민증에 대해서는 알지도 못했었기 때문에 한 번도 생각해 본 적이 없는 정필이라서 그것은 좀 더 알아보고 또 생각을 해봐야 할 것 같았다.

그렇지만 만약 공민증을 구할 수만 있다면 뭔가 숨통이 트일 것 같다는 생각이 들었다.

그러나 다른 문제가 있다. 순임이 술집에 다닌다는 그 친구하고 어떻게 연락을 취했는지 궁금했다.

"현주라는 친구하고 어떻게 얘기를 한 겁니까?"

"저 무산에 살 때 현주 아매가 연길에 가게 되면은 현주한테 꼭 전화하라고 전화번호 가르쳐 주었슴다. 그리고 저도 현주가 어케 사는지 궁금하고서리… 그러다나니까 제가 여기에서 현주한테 한 번 전화를 걸었슴다."

순임은 정필의 눈치를 살폈다.

"제가… 잘못한 거임까?"

"현주라는 친구에게 여기 전화번호 가르쳐 줬습니까?"

순임은 정필을 곱게 흘겼다.

"그걸 갈쳐주게 제가 바보멍충임까?"

원래 얼굴이 뽀얗고 눈이 커서 귀여운 순임이 눈을 흘기는 유혹적인 모습은 쇠도 녹일 것 같았다.

"중국 공민증에 대해서는 내가 좀 알아보고 다시 얘기하기로 합시다."

정필이 일어서자 순임이 엉거주춤 따라 일어서다가 정필의 팔을 잡았다.

"저기……"

정필이 우뚝 선 채 순임을 굽어보면서 조금 딱딱한 표정을 지었다.

"뭡니까?"

그렇게 말하면서도 그는 자신이 순임에게 죄를 지은 것이 있어서 의도적으로 딱딱하게 구는 것 같아서 문득 미안한 마음이 들었다.

정필의 태도에 순임은 금방이라도 울 것 같은 표정을 지으며 머뭇거렸다.

"저… 저는……."

정필은 순임 앞에 다시 앉아서 어깨를 다독이며 부드럽게 말했다.

"괜찮으니까 무슨 말인지 해보십시오."

"저… 임신하면 어카지요?"

"……."

정필은 순임의 어깨에 손을 얹은 상태에서 그대로 얼음이 돼버렸다.

임신이라니… 도대체 이 여자는 무슨 말을 하는 것인가. 대한민국 서울이었다면 순임을 꽃뱀이라고 생각했을 테지만 여기는 중국 연길이고 순임은 북한에서 탈북한 여자다.

정필이 뒤통수를 한 대 호되게 얻어맞은 것 같은 충격을 받아서 멍해 있는데 그를 빤히 바라보는 순임의 커다란 눈에 눈물이 가득 고였다.

"남자하고 뽀뽀만 해도 임신이 된다고 하던데… 우리는 그날 밤에 그보다 더한 짓을 해서리……."

정필은 자신이 앉아 있는 바닥이 한없이 아래로 푹 꺼지는 느낌이 들었다.

순임은 그날 일을 기억하고 있었으면서도 지금까지 아무 말도 하지 않았던 것이다.

그런데 순임의 말이 가관이다. 뽀뽀만 해도 임신이 된다고 하다니, 도대체 그런 엉터리 성교육은 어디에서 배웠다는 말인가. 북한에서는 여자들에게 그렇게 가르치는 것인가.

충격을 받은 데다 이상한 성교육 논리를 펼치고 있는 순임 앞에서 정필은 한시바삐 도망치고 싶은 생각으로 머릿속이 가득 찼다.

그렇지만 정필은 눈앞에 조그맣게 옹송그리고 앉은 예쁜 순임의 얼굴에 걱정이 가득하고 또 해쓱한 뺨으로 눈물이 옥구슬처럼 흘러내리는 것을 보고는 그녀가 협박을 하는 것도, 억지를 부리는 것도 아니라는 사실을 깨달았다. 그녀는 진짜 자신이 임신을 할까 봐 걱정을 하고 있는 것이다.

정필은 자신의 격해지려는 마음을 다독이고 순임의 어깨에 얹었던 손을 뗐다.

"순임 씨."

"네."

"학교에서 성교육 받은 적 없습니까?"

순임은 계속 눈물을 흘리면서 눈을 크게 떴다.

"성… 교육이 뭡까?"

그 한마디로 그녀가 이날까지 성교육을 받은 적이 없었다는 사실이 확인됐다.

정필은 성에 대해서는 무지하기 짝이 없는 순임에게 어떻게 설명을 해야 할지 잠시 궁리했다.

대한민국에서도 성교육이라는 것은 주로 여학생들이 받는 것이고 남학생들은 단지 여자의 몸 구조나 어떻게 해서 임신이 되는지 정도의 기초적인 지식만 배웠다. 하지만 지금은 정필이 그나마 조금이라도 배웠던 자신의 성지식을 풀가동해야만 할 때다.

정필이 지금 이 순간이 난감하다고 해서 피하는 것만이 능사가 아니다.

그는 무슨 일이 닥쳤을 때, 특히 자신이 저지른 일로 인해서 문제가 발생했을 경우에는 절대로 피하지 말고 차근차근 해결해야 한다고 가정교육을 받았었다.

정필은 속으로 한숨을 길게 내쉬고 마치 초등학생을 가르치는 착한 선생처럼 자세를 똑바로 했다.

"순임 씨, 남자하고 산 적 있습니까?"

순임은 눈물을 닦으면서 대답했다.

"많슴다."

그 말에 정필은 왠지 안심이 되는 걸 느꼈다. 남자 경험이 많다면 정필은 그중에 한 명일 테니까 책임추궁에서 조금쯤은 벗어날 수 있다는 묘한 심리다.

"그 남자들하고 잤을 때 임신하지 않았습니까?"

순임은 깜짝 놀라면서 눈을 크게 떴다.

"우야야… 남자들하고 자기만 하면 임신이 되는 검까? 정말 그런 검까?"

"조심하지 않으면 임신하는 게 당연하지요."

정필은 점점 느긋해졌다.

"선생님, 글치만 저는 한 번도 임신 앙이 했슴다."

"운이 좋았지요."

처녀가 함부로 몸을 굴리면 임신을 하게 되는데 어째서 그랬느냐고 꾸짖고 싶은 것을 정필은 꾹 눌러 참았다.

"피임기구를 사용하지 않았습니까?"

순임은 더욱 알 수 없다는 표정을 지었다.

"피임기구가 뭐임까?"

피임기구가 뭔지도 모르는 순임에게 정필은 어떻게 설명해야 할지 갑자기 막막해졌다.

"그러니까 피임기구라는 것은 임신을 하지 않도록 막아주는 기구입니다."

"아… 그런 거이 다 있슴까?"

"어쨌든 순임 씨는 임신을 하지 않았습니다."

정필이 단정적으로 딱 잘라서 말을 하자 순임은 이해할 수 없다는 표정을 지었다.

"피임기구라는 것도 쓰지 않았는데 어케 임신을 앙이 했다고 말씀을 함까?"

"내가 사정을 하지 않았으니까요."

"선생님이 저에게 사정을 할 일이 뭐이 있겠슴까? 사정을 한다믄 제가 해야 하는 거이 아임까?"

산 넘어 산이다. 순임은 남자가 정액을 방출하는 사정과 누군가에게 하소연하는 사정을 헷갈렸다.

정필은 인내심이 점점 한계를 드러내고 있다는 것을 느끼면서 다시 한 번 차근차근 설명했다.

"남자의 성기에서 정액이 방출되는 것을 사정이라고 하는 겁니다."

"……."

'남자의 성기'라는 말은 알아들었는지 순임이 멈칫하면서 부끄러운 표정을 지었다.

"남자의 성기가 여자의 질 속에 사정을 해야지만 비로소 임신이 되는 겁니다."

순임은 이해하려고 애쓰는 듯 눈을 깜빡거리면서 마주 보고 앉아 있는 정필의 사타구니를 빤히 주시했다.

"그러니까 선생님의 성기에서 정액이라는 게 나와야지만 임신이 된다는 거이디요?"

"그렇습니다."

"그러면 질이란 거이 뭡까?"

"질은……."

정필의 시선이 무릎 아래까지 내려온 치마를 입은 순임의 그곳으로 향했다.

순임은 정필의 시선을 좇아 자신의 그곳을 내려다보다가 얼굴을 확 붉혔다.

"옴마야… 이… 이기 질임까?"

순임은 자신의 그곳을 하얗고 긴 손가락으로 찌르듯이 가리켰고 정필은 힘차게 고개를 끄떡이며 역시 손가락으로 순임의 그곳을 가리켰다.

"그렇습니다. 그게 질입니다."

정필은 이런 중요한 순간에 고삐를 늦춰서는 안 된다고 생각했다.

"그러니까 내 성기가 순임 씨 질 속에 들어가서 사정, 그러니까 정액을 방출, 즉 쏟아내야지만 임신이 가능한 겁니다."

도대체 아침부터 베란다에서 청춘남녀가 이런 대화를 하고 있다는 자체가 웃기는 일이다.

"아……."

순임이 이해했다는 듯 고개를 끄떡일 때 정필은 확인사살을 위해서 덧붙였다.

"지금껏 순임 씨가 잔 남자들은 순임 씨 질 속에 사정을 했더라도 운이 좋아서 임신이 되지 않았던 것 같습니다."

그러자 순임은 펄쩍 뛰는 표정으로 두 손을 마구 저었다.

"우야야… 그런 말씀 하지 마시오. 세상 어느 천지에 딸년 그 속에 성기를 꽂는 아바이가 어드메 있다는 말임까?"

"……."

정필은 멍해졌다. 귀신도 때려잡는 능력의 소유자인 그는 오늘 아침에 북한 함경북도 무산 순둥이 순임 덕분에 여러 번 바보가 되는 것 같았다.

"그럼… 순임 씨가 잤다는 남자가……."

"우리 아바이임다. 우리 집은 하모니카집이라서리 방이 한 칸뿐이라서 말임다. 그래서 식구 너이가 다 한 방서 잤슴다. 기니끼니 저는 아바이하고 수천 번도 더 잤슴다. 길타고 임신 함까?"

"아……."

정필은 순임이 자신이 생각했던 것보다 열 배 이상 순진무구하다는 사실을 비로소 깨달았다.

아니, 그것은 비단 순임만이 아니라 그런 점에서는 은애도 마찬가지일 것이다. 대부분의 북한 여자는 성지식이 제로에 가깝다.

"어쨌든."

정필은 이 골치 아픈 대화를 끝내기 위해서 다시 한 번 '어쨌든'을 꺼내 들었다.

"나는 순임 씨 질 속에 사정하지 않았습니다. 그러니까 임신할 거라는 걱정은 하지 않아도 됩니다."

"조금 전에 선생님께서 남자의 그거를 여자 질 속에 꽂으면 정액을 싼다고 하지 않았습메?"

남들이 들으면 정말 저질스러운 대화를 두 사람은 아주 진지하게 나누고 있다.

그렇지만 순임의 표정은 더없이 엄숙했으며 정필의 표정은 절박했다.

"그랬습니다."

순임이 정필의 사타구니와 자신의 사타구니를 번갈아 가리키면서 따지듯이 물었다.

"선생님의 그거이 제 거에 꽂았으니까 싸지 않았습까?"

"꽂지 않았고 싸지 않았습니다."

저질스러운 대화가 극으로 치닫고 있다.

순임의 커다란 두 눈에 또 눈물이 그렁거렸다.

"그날 밤에 저는 마이 아팠슴다. 선생님이 그거를 저한테 꽂았으니끼니 아픈 거 아임까? 뭐가 쑥! 하고 제 속으로 들어왔다 말임다."

사실 정필은 자신이 순임에게 삽입을 했는지 하려고 했었는지 정확하게 모르고 있다. 워낙 많이 취했었고 또 몹시 흥분한 상태였기 때문이다.

"꽂지 않았습니다."

그렇지만 그는 꽂지 않았을 것이라는 자신의 희망을 믿음으로 승화시켜서 단호하게 잘라 말했다.

"정말임까?"

"정말입니다."

순임의 시선이 정필의 사타구니로 향하더니 신기하다는 표정을 지었다.

"선생님의 그거이 저의 그것에 닿기만 했는데도 그케 아팠는데 여자들은 어찌 그런 일을 함까?"

다행히 순임은 정필의 말을 믿었다.

정필은 순임 모르게 안도의 한숨을 내쉬었다.

제9장
낙랑공주

향숙은 아침 식사가 다 됐다고 정필을 부르러 베란다에 가서 유리문을 열려고 하다가 우연찮게 정필과 순임의 대화 끝부분을 듣게 됐다.

정필의 성기를 순임의 질에 꽂았느냐 꽂지 않았느냐 작은 실랑이를 할 때였다.

그때 베란다에서 정필이 순임의 팔을 잡고 일어서는 것을 보고 향숙은 급히 돌아섰다.

드륵……

정필은 베란다 유리문을 열고 순임을 먼저 내보내고 뒤따라 나오다가 향숙이 베란다에서 거실을 가로질러 주방으로 달아나듯 바삐 가는 모습을 발견했다.

향숙을 본 순간 정필의 머릿속에 하나의 그림이 그려졌다. 아침 식사를 하라고 향숙이 정필을 부르러 왔다가 정필과 순임의 대화를 들었을지 모른다는 것이다.

향숙이 두 사람의 대화를 들었다고 해도 정필은 별로 개의치 않았다.

그 일은 영실도 알고 있으므로 향숙 한 사람이 더 안다고 해도 문제될 일은 없다는 생각이다.

영실이나 향숙 둘 다 정필에게는 누나 같은 좋은 분들이라서 정필이 무슨 실수를 하더라도 잘 이해하고 덮어줄 것이라고 믿었다.

정필은 아침 식사를 하고 나서 연길공항에 전화를 걸어 심양까지 가는 항공편을 알아보았다.

오후 5시 35분에 출발하여 심양에 6시 40분에 도착하는 항공편이 있어서 예약을 하고, 심양의 여관에 투숙하고 있는 김길우에게 전화해서 도착 시간을 알려주었다.

김길우와 전화를 끊은 정필은 이번에는 강명도에게 전화를 걸었으나 경미가 받아 아버지는 지금 환자를 진료하고 있다고 해서 끊었다.

"야들이 선생님께 드릴 말씀이 있담다."

정필이 안방 전화기 옆에 앉아서 생각에 잠겨 있는데 향숙이 문을 살짝 열고 들여다보면서 조심스럽게 말했다.

정필은 중요한 일은 아니지만 향숙에게 짚고 넘어갈 일이 있어서 우선 그녀에게 먼저 들어오라고 손짓을 했다.

"잠깐 들어오십시오."

향숙은 깜짝 놀라며 손으로 자기 가슴을 눌렀다.

"저 말임까?"

"네. 잠깐 드릴 말씀이 있습니다."

향숙은 살며시 문을 닫고 발끝으로 살짝살짝 걸어 정필에게 다가오는데 몹시 긴장한 표정이 역력했다.

정필은 멀찍이 무릎을 꿇고 앉은 향숙에게 가까이 오라고 손짓을 했다.

"가까이 앉으십시오."

향숙은 무릎걸음으로 주춤주춤 겨우 10㎝쯤 다가왔다.

정필은 향숙의 초췌한 얼굴을 바라보며 부드러운 표정을 지어보였다.

"나는 향숙 씨하고의 인연이 오래갈 거라고 생각합니다."

"네? 그거이 무시기……."

"향숙 씨와 송화는 한국에 갈 것이고 나도 한국에 살고 있으니까 자주 왕래하게 될 거라는 얘깁니다."

"네……."

향숙의 눈가에 기쁜 기색이 잔물결처럼 번지는 것을 발견할 만큼 정필은 세심한 사내가 아니다.

"향숙 씨가 원한다면 향숙 씨와 송화가 한국에 정착할 때 아버지께서 운영하시는 회사에 취직시켜 드리고 싶습니다."

"아유… 그래만 주신다면 그런 큰 경사가 어디에 있갔슴까? 고조 고마울 따름임다."

향숙은 무릎을 꿇은 채 두 손으로 바닥을 짚고 마치 절이라도 할 것처럼 고마워했다.

"그래서 하는 말인데… 향숙 씨가 날 선생님이라 부르는 것이 듣기 거북합니다."

향숙은 얼마나 놀랐는지 앉은 자리에서 펄쩍 뛰어 오르는 것 같았다.

"제, 제가 무슨 실수라도 했슴까?"

정필은 쓴웃음이 났다. 아까 순임하고는 다른 상황이지만 순임이나 향숙 둘 다 순진무구하다는 점에서는 같았다. 그런 점에서 북한 여자들은 한결같았다.

정필은 대화를 질질 끌고 싶지 않아서 딱 부러지게 말했다.

"앞으로 내 이름을 부르십시오. 그럼 나는 향숙 누님이라고 부르겠습니다."

"……."

정필은 지금까지 살아오면서 사람이 이처럼 놀라는 모습을 한 번도 본 적이 없었다.

향숙은 거의 까무러칠 정도로 혼비백산해서 상체를 뒤로 젖힌 채 두 손으로 바닥을 짚고 거의 쓰러지기 일보 직전의 자세를 취했다.

정필은 사람이 놀라서 뒤로 자빠질 수도 있다는 사실을 지금 처음 알게 되었다.

그는 앉은 채 재빨리 팔을 뻗어 뒤로 자빠지려는 향숙의 어깨를 붙잡았다.

그는 자신을 '정필 씨'라 부르고 향숙을 '누님'이라 부르겠다는 말이 그녀를 이처럼 놀라게 만들 줄은 전혀 예상하지 못했었다.

"선생님… 저는 말입다……."

"정필 씨라고 하십시오."

"……."

"어서요."

"저… 정… 필씨……."

"다시 한 번."

"정필 씨."

정필은 빙그레 미소 지었다.

"향숙 누님."

"아아……."

향숙이 갑자기 정필의 품으로 풀썩 쓰러지듯이 안겼다.

정필은 그동안 살이 올랐지만 여전히 지푸라기처럼 가냘픈 향숙을 안고 등을 부드럽게 쓰다듬었다.

"앞으로는 그렇게 부르십시오. 향숙 누님."

"아아… 하늘 같으신 분을 그렇게 불러도 천벌을 앙이 받을까 두렵습다……."

"무슨 말씀을, 저 같은 게 하늘이라뇨."

"목사님 말씀이 선생님은……."

"정필 씨."

"네. 목사님께서 저… 정필 씨는 하나님이 보내신 천사라고… 미카엘 천사라고 말씀하셨습다… 내는 목사님 말씀이 한 개도 앙이 틀렸다고 생각하고 있습다."

정필은 향숙이 자신의 가슴을 적시면서 울도록 잠시 내버려 두었다.

잠시 후에 향숙이 데리고 들어온 두 젊은 여자는 일전에 정필에게 연길에 남아서 돈을 벌겠다고 말했던 세 여자 중에 두 명이다.

향숙까지 세 여자가 나란히 무릎을 꿇고 앉았는데 향숙이 두 여자를 가리키며 말했다.

"야들도 남조선에 가겠다고 함다."

정필은 뜻밖이라는 표정으로 물었다.

"왜 마음이 변했습니까?"

"너들 선생님께 솔직하게 말해보라이."

문지선이라는 22살 먹은 여자가 손톱으로 방바닥을 무심하게 긁으면서 말했다.

"내래 중국 사람들이나 조선족들이 남조선… 아니, 한국에 가서 몇 년 당차게 돈을 깡깡 벌어오면 중국에서 번듯한 건물이나 가게 하나 차릴 수 있다는 거이 들었슴다."

선옥자라는 22살 동갑내기 여자가 정필에게 물었다.

"한국에서 일하면 여기 연길보다 열 배 이상 번다는데 그거이 맞는 말임까?"

연길에서 여자들이 평범한 일을 해서 벌 수 있는 돈이 한 달 평균 600위안 수준이라고 영실에게 들은 적이 있는 정필은 고개를 끄떡였다.

"한국에서는 웬만한 여자라도 여기보다 열 배 이상 버는 것은 맞는 말입니다."

"아아……."

문지선과 선옥자만이 아니라 향숙까지도 두 손을 맞잡고 꿈을 꾸는 듯한 표정을 지었다.

600위안이면 한화로 72,000원이다. 한국에서는 하다못해 식당에서 설거지를 해도 70만 원쯤은 거뜬하게 벌 수 있는 것으로 정필은 알고 있다.

"우리는 말임다. 미제의 식민지인 남조선이 거지 소굴이고 중국은 지상에서 최고로 잘사는 천국이라고 알고 있었슴다. 그런데 천국에 사는 중국 사람들이나 조선족들이 남조선에 가서 돈을 벌겠다면서리 아귀다툼한다는 거이 알고는 억울해서 죽을 것 같았슴다."

긴 머리카락에 얼굴과 목선이 우아한 문지선이 분하다는 듯이 눈물을 닦으며 말했다.

강명도에게서 전화가 와서 정필은 베드로의 집에 탈북녀들을 더 수용할 수 있는지 물었다.

영실이 없는 이 집에 향숙 등 6명이 생활하는 것이 아무래도 위험할 것 같아서 베드로의 집으로 옮기는 것이 좋겠다는 생각을 했다.

베드로의 집이 포화 상태일 것이라고 짐작은 했지만 강명도의 말인즉 그보다 더 심각한 상황이어서 장중환 목사가 다른 은신처를 물색하고 있는 중인데 그게 쉬운 일이 아니라고 한다.

―그런데 자네 한국에 돌아가지 않나?

전화를 끊기 전에 강명도가 물었다.

"아직 일이 좀 남았습니다."

─가게 되면 알려주게.

"무슨 일이 있습니까?"

─내 딸아이 말이야. 자네 경미 알지?

"압니다."

─그 애가 한국에서 취업을 하고 싶어 한다네. 경미가 한국 실정은 당최 모르다나니까 자네가 한국에 가면 경미를 좀 돌봐주면 어떨까 해서리, 아! 그렇다고 자네더러 경미를 취직시켜 달라는 건 아닐세. 그냥 어디에서 먹고 자는지, 어떻게 돌아댕기든 되는지 그런 것만 좀 봐달라는 거이지.

"알겠습니다. 제가 경미씨와 함께 가게 되면 힘닿는 데까지 돕겠습니다."

─하하하! 아주 든든하구만!

강명도는 흡족하게 껄껄 웃었다.

이래저래 여러 사람이 정필이라는 나무에 기대고 있다. 정필은 자신이 그만한 나무가 되는지 걱정이 됐다.

정필은 심양으로 향하는 여객기 안에서 줄곧 영실의 복수를 어떻게 할 것인지에 대해서 궁리를 거듭했다.

어쩌면 흑사파 놈들은 영실을 저 지경으로 중상 입히고 또 홍남국밥집을 쑥밭 만든 것으로 이 일을 일단락 지으려고 할지 모른다.

아마도 그럴 가능성이 크다. 흑사파 같은 건달 조직이 하찮은 국밥집 하나를 두고 두 번 세 번 복수니 뭐니 하면서 들쑤시는 것도 웃기는 일일 테니까 말이다.

그러나 문제는 영실이 당한 일을 정필이 견딜 수가 없다는 사실이다.

이대로 잠자코 있으면 흑사파가 또다시 영실을 건드리지는 않을 거라고 생각하면서도 정필은 속에서 천불이 치밀어 올라서 온몸이 타버릴 것만 같았다.

정필이 심양에 도착하여 공항을 나설 때는 7시 30분이 가까운 시간이고 밖은 캄캄해졌다.

"선생님!"

기다리고 있던 김길우는 게이트를 나서는 정필을 발견하고 반갑게 외쳤다.

"기다리게 해서 미안합니다."

공항 밖 주차장으로 향하며 정필이 말하자 김길우는 웃으면서 손을 휘이휘이 저었다.

"일없슴다. 내래 놀면서 일당 꼬박꼬박 챙기니끼니 그거이 오히려 미안하디요."

정필의 진면목을 조금씩 알게 된 김길우는 그를 매우 깍듯하게 대접했다. 또한 김길우에게 있어서 정필은 자신의 일당을 주는 사장인 것이다.

두 사람은 볼보를 타고 심양 시내로 향했다. 낡은 볼보는 연길에서 길림(지린)시와 할빈(하얼빈)시, 장춘(창춘)시를 거쳐서 심양까지 수천 ㎞를 달려오고서도 고장 없이 쌩쌩하게 잘 달리고 있다.

"은주는 서탑(西塔:시타)의 룸살롱에 있슴다. 저녁 7시가 넘으면 숙소에서 가게로 나옴다."

"어느 정도까지 확인했습니까?"

"이름이 은주라는 거이 하고 고향이 함북이라는 거이, 글쿠 아주 중요한 단서인데 말임다, 은주라는 에미나이 나이가 21살이라는 거임다."

이름이 은주에 고향이 함경북도, 그리고 나이가 21살이면 은애 동생 조은주와 거의 흡사하다.

어쩌면 조은주가 아닐 가능성이 있기는 하지만 맞을 가능성이 훨씬 더 크다.

"그 술집 사장이 누구라는 거이 하고 또 은주가 사는 숙소가 어딘지 알아났슴다."

그녀가 조은주가 맞는다면 어떤 방법으로 구해낼 것인지 궁리하고 있던 정필이 물었다.

"사장이 누굽니까?"

김길우는 자신이 조사한 것을 외우고 있었던 듯 막힘없이 대답했다.

"조선족인데 황무관이라 하는 47살 먹은 작자임다. 그자는 은주가 있는 술집 말고 서탑에 룸살롱을 2군데를 더 갖고 있슴다. 조선족 중에서 성공한 알부자로 통함다."

"은주가 있다는 술집은 몇 시에 영업 시작합니까?"

"지금쯤 시작했을낌다."

"그리 갑시다."

김길우가 넌지시 물었다.

"터우터(頭頭兒), 작전이 뭡까?"

"뭡니까 그게?"

김길우가 멋쩍게 웃었다.

"터우터는 중국말로 두목이나 대장이라는 뜻임다. 선생님이 나 김길우의 대장 아임까?"

정필이 엷은 미소를 짓는 걸 보고 김길우는 볼보 핸들을 손바닥으로 두들겼다.

"이 차 정말 좋슴다. 밟으면 밟는 대로 나가고 잔 고장이 없어서리 동료들이 어디서 샀느냐고 난리가 아임다."

"그렇습니까?"

"나중에 제가 알아보니까 우리가 중고차를 살 때 아주 운

좋게 이 차가 나온 거이 아니고 뭐겠슴까? 그 이후로는 이런 차 구경도 못 했담다. 하하하!"

그로부터 한 시간 후에 정필과 김길우는 심양의 번화가인 서탑에 있는 '낙랑공주'라는 룸살롱 어느 룸에 손님으로 앉아 있었다.

심양의 서탑은 얼마 전부터 조선족들이 서서히 모여들어 새로운 타운을 형성하고 있는 거다.

대한민국이 중국과 수교를 시작하고 나서 조선족 보따리상인 따이공(代工)들이 한국 전자제품들이나 화장품 등을 싸 들고 들어와 서탑에서 보따리를 풀자, 그걸 사기 위해서 중국인들과 조선족들이 넘쳐나면서 서탑이 발전하기 시작했으며 이제는 조금씩 코리아타운의 면모를 갖춰가고 있는 중이라는 것이다.

그러더니 한국식 술집이나 노래방, 식당들이 우후죽순처럼 생겨나고 이제는 한밤중에도 불야성을 이루게 되었다.

정필과 김길우는 2, 3층으로 이루어진 낙랑공주 3층의 넓고 으리으리한 룸의 푹신한 소파에 나란히 앉아서 입구 안쪽에 늘어서 있는, 화려한 옷을 입고 맨살을 거의 다 드러낸 아가씨 5명을 찬찬이 뜯어보고 있는 중이다.

그녀들은 룸살롱 낙랑공주에 소속된 아가씨들인데 오늘 밤 정필과 김길우의 파트너로서 봉사를 할 아가씨를 두 사람더러 직접 고르라는 것이다. 이른바 간택이다.

정필은 머리털 나고서 룸살롱이라는 곳을 처음 와봤다. 친구나 특전사 동료들과 술을 마셔도 대학가나 선술집처럼 안주가 푸짐한 곳을 선호했었다.

돈을 주고 여자를 산다는 자체를 싫어하는 정필이지만 오늘은 어쩔 수가 없다.

김길우는 연길에서 동료들과 룸살롱을 몇 번 가봤지만 여기처럼 크고 으리으리한 곳은 처음이라고 했다.

"돼, 됐어. 다음 애들 들여보내!"

김길우는 조금 긴장했는지 약간 더듬거리면서 5명의 아가씨 끝에 서 있는 30대 초반의 마담에게 소리쳤다.

지금 상황에서는 소리를 지를 일이 아닌데 긴장한 탓에 저절로 작은 고함이 터져 나왔다.

정필은 다리를 꼬고 소파에 느긋하게 기대앉아서 담배 연기를 뿜어대는 폼이 영락없이 이런 곳에 많이 다녀본 한량 같았고 김길우는 그의 부하 직원이나 똘마니처럼 보였다.

룸살롱을 몇 번 가봤다는 김길우는 어설프고 한 번도 가보지 않은 정필은 보스의 포스가 작열하고 있다.

젖가슴을 거의 드러낸 민소매 옷차림의 요염한 마담은 김길우의 말보다는 정필을 바라보면서 눈빛으로 그의 의견을 물었다.

정필이 묵묵히 고개만 가볍게 까딱거리자 마담은 아가씨들을 데리고 나갔다.

"은주 얼굴 제대로 알고 있습니까?"

정필이 굳이 그럴 필요가 없는데도 긴장한 탓에 목소리를 낮춰서 김길우에게 속삭였다.

"몇 번 먼발치에서 봤기 땜에 잘 암다. 걱정 마우다."

오히려 김길우가 정필에게 당부했다.

"터터우, 룸살롱 처음이라고 했지요?"

"그렇습니다."

"의심 사지 않도록 은주 제대로 잘 더듬어줘야 함다."

"음."

잘 더듬어야 한다는 말에 정필은 조금 긴장했다.

"특히 다른 사람이 있을 때는 터터우가 손님이 돼서리 룸살롱 아가씨를 대하는 것처럼 막 대해야 함다."

"어… 떻게 해야 합니까?"

김길우는 옆에 아가씨가 있는 것처럼 두 손으로 만지고 입술로 핥는 시늉을 했다.

"그냥 막 만지고 더듬고 빨면 됨다. 여자 더듬는데 무슨 방법이 있겠슴까?"

"으음."

정필의 신음 소리가 더 무거워졌다. 그렇지만 이젠 칼을 뽑았으니까 뭐라도 찔러야만 하는 상황이다.

여자, 아니, 은주를 제대로 더듬지 못해서 일을 그르칠 수는 없다. 어쨌든 다른 사람이 의심하지 않게 잘 더듬고 빨면 될 것이다.

"알겠습니다."

마담이 5분 후에 이번에는 6명의 아가씨를 데리고 들어와서 길게 일렬로 늘어세웠다.

그러고는 두 손을 가느다란 허리에 얹고는 절반이나 드러난 풍만한 유방을 흔들면서 자못 의기양양한 표정으로 정필에게 말했다.

"사장님께서 직접 골라보세요."

마담의 말에 정필은 살짝 뜻밖이라는 표정을 지었다. 그녀가 매우 또렷한 서울 말씨를 구사했기 때문이다.

마담은 두 사람 중에 정필이 오너라는 것을 알아보고 김길우보다는 정필에게 직접 아가씨를 고르라고 한 것이다.

정필은 자세를 고치지도 않고 매우 시건방진 표정으로 담배를 이빨로 씹듯이 물고는 입구 쪽의 아가씨부터 한 사람씩 훑어보기 시작했다.

대충 보는 것 같지만 사실 그는 날카롭게 아가씨들을 한 명씩 샅샅이 점검했다.

정필이 지금 보고 있는 이 아가씨들은 마치 대기업에 면접을 보러 온 것처럼 두 팔을 옆구리에 붙여서 차렷을 하고 두 다리를 모은 단정한 자세를 취하고 있다.

정필이 들은 바로는 룸살롱의 아가씨들은 껌을 짝짝 씹고 담배를 피우면서 입만 열면 욕을 바가지로 한다는데, 이 아가씨들은 전혀 그렇지 않았다. 단지 어깨와 가슴, 허벅지를 드러낸 노출이 심한 화려한 옷차림을 했을 뿐이지 교육을 제대로 받은 것 같았다.

또한 정필이 살펴보니 아가씨들이 한 명 한 명 늘씬하고 미인이 아닌 사람이 없었다.

그때 문득 정필의 시선이 5번째 아가씨 얼굴에 멈추면서 동공이 가볍게 흔들렸다. 그는 더 볼 것도 없이 5번째 아가씨가 은주라고 확신했다.

그녀는 은애하고 너무 닮아서 마치 쌍둥이 같았다. 오죽했으면 그는 아주 잠깐 은애가 어깨와 가슴을 드러낸 옷을 입고 서 있는 줄 착각했을 정도다.

정필을 주시하고 있던 마담이 엷고 요염한 미소를 지으면서 5번째 아가씨 팔을 잡고 앞으로 나오게 해서 정필에게 이끌었다.

"젊은 사장님 안목이 높으시네요?"

5번째 아가씨는 주춤주춤 마담 손에 이끌려 오면서 정필을 바라보다가 그와 시선이 마주쳤다.

그때 정필은 아가씨의 얼굴에 곤혹한 기색과 허탈감, 자괴감이 교차하는 것을 짧은 순간 읽어냈다.

"라미야, 젊은 사장님 잘 모셔라."

마담은 5번 아가씨의 이름을 '라미'라고 부르면서 정필의 오른쪽에 앉혔다.

일단 정필이 아가씨를 골랐으므로 김길우도 재빨리 아무 아가씨나, 그렇지만 그래도 그중 제일 예쁘고 잘빠진 아가씨를 골라서 자기 옆에 앉혔다.

정필 일행은 룸살롱 낙랑공주에서 특급 손님답게 놀았다. 마담의 요구에 따라 이 집에서 가장 값비싼 위스키와 최고급 안주를 푸짐하게 주문했다.

"사장니임~! 오부리 부를까요?"

그런데 요염한 마담은 제 할 일을 끝냈으면 얼른 나가지 않고 한 시간이 넘도록 정필 왼쪽에 찰싹 붙어서 온갖 교태를 다 떨면서 비싼 위스키를 축내고 있는 중이다.

정필은 5번 아가씨 라미를 지명했는데도 마담은 자기가 정필의 파트너라도 되는 것처럼 그에게 착착 안기고 정필의 허벅지를 어루만지면서 코 먹은 소리를 냈다.

보통 룸살롱의 얼굴마담은 단골이나 최상급 손님 테이블에

만 잠시 어울리는 것으로 예의를 갖추는 편인데 오늘 이 마담
은 도가 지나쳤다.

아무래도 이 마담은 정필이 최상급 손님에다가 잘생겨서
마음에 쏙 든 것 같았다.

맞은편에 앉은 김길우와 양양이라는 아가씨는 벌써 죽이
잘 맞아서 둘이 꼭 끌어안고 주거니 받거니 술을 마시면서 쪽
쪽 빨고 더듬으면서 난리가 아니다.

"호호홋! 저 말이죠, 사장님처럼 잘생기고 키 큰 멋진 남자
정말 처음 보거든요? 손님이 아니라 그냥 한 여자와 한 남자
로서 사귀어보고 싶을 정도예요."

정필의 온 신경은 오른쪽에 앉아 있는 은주에게 쏠려 있지
만 마담이 같이 있는 동안에는 어쩔 수가 없어서 그저 건성
으로 고개를 끄떡이면서 그녀가 따라주는 술을 받았다.

"그래요?"

"사장님, 한국분이시죠?"

정필은 대답하기도 귀찮아서 고개를 끄떡였다.

은주는 마담이 앉혀준 그대로 정필 오른쪽에 다소곳이 앉
아 있는데 처음에 마담이 따라준 술잔을 앞에 놓고 불공을
드리는지 고개만 숙이고 가만히 있었다.

누가 보면 은주는 손님이고 마담이 정필의 파트너인 줄 알
것이다.

마담은 손뼉을 치면서 지나치게 반가워했다.

"어머? 저도 서울에서 왔어요! 반포에 있었는데 여기로 스카웃돼서 온 거예요!"

정필은 쓴웃음이 났다. 그도 반포에 살고 있는데 마담도 반포에서 왔다는 것이다. 물론 그녀는 반포의 어느 룸살롱 마담이었겠지만 말이다.

어쩌면 두 사람은 반포 거리를 걷다가 우연히 한 번쯤은 마주쳤을지도 모른다.

그런 사람들이 지금은 중국 심양 룸살롱에서 서로 상반된 입장으로 앉아 있다.

"우리 기념으로 러브샷해요."

정필이 술잔을 드는데 마담이 재빨리 그의 오른팔에 자신의 가늘고 매끄러운 팔을 끼고는 상체를 바싹 밀착시켰다.

정필은 러브샷이라는 것을 본 적은 있어도 해본 적이 없었는데 설마 심양 룸살롱의 마담하고 처음으로 하게 될 줄은 몰랐다.

마담은 일부러 자신의 터질 듯이 풍만한 유방을 정필의 가슴에 힘껏 밀착시키면서 고혹적인 미소를 날리며 천천히 술을 마셨다.

마담은 두 사람의 빈 잔에 다시 위스키를 따르고는 정필의 커다란 손을 잡아서 자신의 짧은 치마 안쪽 맨살 허벅지에 슬쩍 내려놓고 그의 손에 자신의 손을 얹었다.

"혹시 사장님 한국에서 영화배우나 탤런트인가요?"

"아닙니다."

"아유… 사장님 너무 잘생겨서 영화배우 뺨치겠어요. 어쩜 좋아… 나 흥분하는 거 같아. 이거 봐요."

그러면서 마담은 정필의 손을 자신의 미니스커트 깊은 곳으로 쑥 집어넣었다.

정필이 움찔 놀라서 손을 빼려는데 마담이 그의 손을 꽉 쥐고 놓아주지 않으면서 다리를 살짝 벌리며 그에게 유혹적인 미소를 지었다.

"봐요. 젖었죠?"

마담은 음탕한 소리를 하면서 정필의 손을 더 깊이 끌어당기면서 그의 귀에 입을 붙이고 속삭였다.

"흐응… 나 말이죠? 오늘 밤에 잘생긴 사장님하고 뜨거워지고 싶어요."

룸은 매우 조용해서 그녀가 속삭이는 말이 모두에게 다 들렸다.

그 바람에 맞은편의 김길우와 양양이 정필과 마담을 놀라는 얼굴로 쳐다보았다.

정필은 마담의 치마 속에서 손을 빼려다가 멈췄다. 룸살롱에 온 손님은 대부분 음탕함을 즐기려고 오는 것인데 자신의 행동이 그것에 역행하는 것이라면 마담이 의심을 할 것 같다는 생각이 들었다.

더구나 여기에 들어오기 전에 김길우는 의심을 사지 않기 위해서 되도록 질펀하게 놀라고 몇 번이나 당부를 했었다.

사실 세상일이란 것은 뭐든지 마음만 먹으면 안 되는 게 없는 법이다.

룸살롱에 한 번도 와본 적이 없고 또 지금처럼 여자가 자신의 손을 끌어다가 사타구니에 대주는 것이 난생처음인 정필이지만, 일단 불끈 크게 마음을 먹고 한 번 음탕해져 보자고 하면 못할 것도 없다.

"그것보다 말이야. 지금 내가 하고 싶은 게 있어."

정필은 오히려 손가락으로 마담의 그곳을 슬슬 더듬으면서 음탕한 표정을 지었다.

"아… 뭔데요?"

정필의 행동에 마담은 몸을 그에게 더 밀착시키고 다리를 조금 더 벌리면서 두 손으로 그의 팔을 붙잡았다. 그만하라고 붙잡은 게 아니라 그가 손을 뺄까 봐 붙잡은 것이다.

정필은 턱으로 김길우를 가리켰다.

"저 친구하고 중요한 사업 얘기를 해야 하는데 마담이 자리를 좀 피해줘야겠어."

"아… 제가 있으면 안 되나요?"

"안 돼. 중요한 얘기야."

"그럼 얘들은……."

달뜬 표정의 마담은 정필의 손을 꼭 붙잡고 오히려 더욱 달라붙으면서 은주와 양양을 쳐다보았다. 쟤들은 있어도 되고 나는 안 되느냐는 뜻이다.

그녀는 정필이 특급 손님이라고 판단해서 오늘 밤에 된통 바가지를 씌워보려는 것인지, 아니면 그녀 말처럼 정필이 마음에 쏙 들어서 질펀하게 만리장성을 쌓으려는 것인지 아주 결사적이었다.

슥―

이래서는 안 되겠다고 판단한 정필은 손을 빼고 마담을 강제로 일으켜서 궁둥이를 떠밀었다.

"어서 나가."

"아잉……."

마담은 나가기 싫다는 듯 몸을 꼬면서 궁둥이를 살랑살랑 흔들며 룸에서 나갔다.

정필은 건달 수십 명하고 싸움을 끝낸 것처럼 진이 빠져서 한숨을 내쉬었다.

"휴우……."

정필이 눈짓을 보내자 김길우가 파트너 양양을 데리고 노래를 부르러 홀의 노래방 기기 쪽으로 나갔다.

"수… 술 드릴까요?"

김길우들이 노래를 선곡하는 동안 정필이 은주를 쳐다보자 그녀는 화들짝 놀라며 위스키병을 두 손으로 잡았다.

제10장
애무

　정필은 아직 노래가 나오지 않고 있어서 그냥 은주가 따라 주는 술을 묵묵히 받고는 처음으로 몸을 틀어 앉아서 그녀를 똑바로 바라보았다.

　은주를 파트너로 지목한 이후 처음으로 그녀를 제대로 살펴보는 것이다. 아무리 조목조목 뜯어봐도 영락없는 은애의 분신 같았다.

　"왜… 글케 봄까?"

　은주가 겁먹은 얼굴로 몸을 떨면서 눈을 내리까는데 목소리가 은애하고 똑같았다.

고음대의 바이올린 현을 켰을 때처럼 고운 음색을 내면서 도저히 뿌리칠 수 없는 호소력 짙은 음성이다.

술집 아가씨가 손님에게 교태를 부리는 게 아니라 정말 두려움에 가득 찬 목소리다.

그때 김길우와 양양이 노래를 시작했다. 한국에서 인기를 끌고 있는 김건모의 '핑계'라는 노래다.

반주와 노랫소리가 쿵쿵 울리기 시작하자 정필은 문 쪽을 한 번 보고 나서야 비로소 얼굴을 은주에게 가까이 가져가며 본론을 꺼냈다.

"아가씨 이름이 뭡니까?"

"네?"

정필은 은주의 대답을 들을 겨를이 없어서 곧장 다그치듯이 물었다.

"아가씨 이름이 은주 아닙니까? 조은주."

"……."

은주의 눈이 동그랗게 커지고 입도 반쯤 벌어졌다. 놀라는 모습까지도 은애를 빼닮아 깨물어주고 싶을 만큼 예뻐서 정필은 가슴이 뭉클했다.

"어… 어케 암까? 제 이름을……."

노랫소리 때문에 말이 잘 안 들려서 정필은 목소리를 조금 더 크게 했다.

"언니는 조은애, 아버지 조석근, 어머니 김금화, 남동생 조은철 맞습니까?"

은주는 정신이 하나도 없는 표정으로 멍하니 정필을 바라보다가 황망히 정필의 팔을 붙잡고 다그쳤다.

"당신이 어찌 내 가족들을 다 아는 겁까? 도대체 당신은 누굼까?"

시끄러워서 잘 들리지 않아 정필은 은주 귀에 대고 크게 소리쳤다.

"나는 은애 씨하고 친합니다! 그리고 아버지와 은철이는 연길의 안전한 곳에 같이 계십니다!"

"아아……."

은주의 얼굴 가득 햇살 같은 기쁨과 안도의 표정이 가득 떠올랐고 두 눈에 눈물이 고였다.

"그거이 참말임까……?"

"그렇습니다."

정필은 노랫소리가 점점 시끄러워지자 두 손으로 은주의 양 뺨을 잡고 외쳤다.

"나는 은주 씨가 여기에 있다는 소식을 듣고 구하러 왔습니다! 오늘 밤에 나하고 같이 여길 빠져나가서 아버지와 은철이가 있는 곳으로 갑시다!"

"저… 정말임까……."

은주의 목소리가 와들와들 떨리면서 얼굴은 믿어지지 않는다는 표정으로 가득 물들고 눈에서 수도꼭지를 틀어놓은 것처럼 눈물이 쏟아졌다.

정필의 말이 멀리에서 들리는 메아리 같았다. 이런 일이 현실에서 자신에게 일어날 것이라고는 한 번도 생각해 본 적이 없었던 은주다.

"으흐흑……! 언니야랑 아바이, 은철이 다 무사함까? 무산에서 굶어 죽은 거이 아님까?"

"다들 연길에서 잘 지내고 있습니다."

"어떻게 나를 알아봤슴까?"

"은애 씨하고 쌍둥이처럼 닮아서 금세 알아봤습니다."

은주는 두 손으로 얼굴을 감싸고 울음을 터뜨리며 정필의 가슴으로 쓰러졌다.

이제 은주에게 정필은 무서운 손님이 아니라 하늘 아래에서 단 한 사람뿐인 믿을 사람이 되었다.

"으흑흑! 그렇습다… 언니야랑 나랑 쌍둥이 같습다… 당신 정말로 언니야를 봤구만요……."

정필은 은주를 안고 부드럽게 등을 쓰다듬었다.

"이제 여기서 나갑시다."

은주는 작게 몸을 웅송그리며 정필의 품에 안겨들었다. 그녀는 이것이 꿈인지 현실인지 분간하느라 온 정신을 집중했지만 여전히 꿈만 같았다.

　정필과 은주가 10분쯤 더 얘기를 나누었을 때 문이 열리고 지긋지긋한 마담이 다시 들어왔다.

　마담은 아까처럼 정필 왼쪽에 바짝 다가앉자마자 가슴부터 들이밀면서 끈적끈적한 행동을 하려들었다.

　그러나 정필은 마담을 쳐다보지도 않고 몸을 돌린 채 팔로 은주를 안고 있었다.

　"아잉~ 사장니임~!"

　그런데 마담이 소파에서 궁둥이를 떼고 정필의 어깨를 잡으면서 그의 앞쪽으로 치고 들어왔다.

　깜짝 놀란 정필과 은주는 누가 먼저랄 것도 없이 서로를 더 깊이 끌어안았고, 정필은 은주의 입을 덮치면서 손으로 유방을 더듬었다.

　우리는 지금 이렇게 열렬히 애무를 하고 있는 중이니까 방해하지 말라는 시위다.

　두 사람은 마담이 지켜보고 있는 것을 느끼면서 그녀를 속이기 위해서 더욱 거짓 행위에 몰입했다.

　은주는 정필이 꿈에도 그리던 가족들의 소식을 전해주고 또 자신을 구하러 왔다는 사실을 알고 나서 그가 남이 아닌 가족처럼 여겨졌다.

그리고 그런 사실을 마담에게 들키지 않기 위해서 매우 적극적으로 행동했다.

은주에게 이런 행위는 남녀 간의 애무가 아니라 살아남기 위한 처절한 몸부림이다.

그녀는 태어나서 한 번도 이런 식의 행동을 해본 적이 없기 때문에 그저 정필이 하는 대로 온몸을 내맡기면서 떨어지면 죽기라도 할 것처럼 그에게 아등바등 매달렸다.

사실 정필에게 매달리는 것은 마담에게 보이기 위한 거짓 행동이기도 하지만 그녀의 진심이기도 했다. 정필은 그녀의 유일한 구세주인 것이다.

정필은 은주의 혀를 깊이 입속으로 빨아들여 이리저리 굴리면서 가슴을 거의 드러낸 옷을 아예 아래로 끌어내려 유방이 드러나게 하여 움켜잡고 주물렀다. 그는 이런 일이 능숙하지 않기 때문에 다분히 거칠었지만 오히려 그것이 마담의 눈을 속이기에 충분했다.

"으음… 음……."

눈을 감고 신음을 흘리는 은주의 긴 속눈썹이 파들파들 떨렸고 그녀는 두 팔로 정필의 목을 감고 상체를 활처럼 뒤로 젖혔다.

정신이 하나도 없고 뭐가 어떻게 돌아가는지 알 수도 없다. 다만 이렇게 해야지만 살 수 있다는 맹목적인 믿음이 은주를 더욱 거세게 몰아붙였다.

정필은 은주의 혀를 빨고 유방을 만지면서 마담이 물러나기만 기다리느라 흥분 같은 것은 조금도 느끼지 못했다. 이것은 그저 작전의 일부일 뿐이다.

그런데 어찌 된 일인지 마담은 물러나기는커녕 정필에게 매달리면서 가슴을 더욱 강하게 그의 어깨에 비볐다.

"흐응… 사장님……"

아가씨의 유방을 만지고 키스를 하고 있는 손님 어깨에 유방을 비비다니 미쳐도 단단히 미친 마담이다.

그러나 정필은 이때까지도 알지 못했다. 닳고 닳은 화류계 마담의 이성을 잃게 만들 정도로 그가 멋진 남자라는 사실을 말이다.

정필은 이제는 어떻게 해야 할지 당황하다가 내친 김에 아예 은주를 비스듬히 눕히고 그녀의 혀를 놓고는 이번에는 유방을 입에 가득 물고 빨아댔다.

"아아아……"

아파서인지 은주는 두 손으로 정필의 머리를 붙잡고 신음소리를 냈다.

그렇지만 정필은 그녀가 아플지 어떨지 그런 것까지 신경 쓸 겨를이 없어서 입속에 가득 담긴 그녀의 유방을 빨고 유두를 혀로 희롱하다가 깨물기도 했다.

정필이나 은주 둘 다 제정신이 아닌 상태에서 마담이 물러 나기만을 기다리며 웃지 못할 행위에 몰두했다.

그러다가 문득 정필은 대학 시절에 애인이었던 희주와 그녀의 자취방에서 틈만 나면 뜨겁게 섹스를 하던 기억이 떠올랐다.

희주는 대학에 입학하자마자 만나서 일 년 반 동안 사귀었던 키가 크고 늘씬한 글래머였다.

정필이 여자를 애무했다면 대학 시절의 희주와 고등학교 3학년 때 두어 달 동안 만나 딱 3번 섹스를 했던 나연이 전부였다.

그렇지만 그때는 애무라기보다는 그저 무조건적인 돌진, 그다음에는 삽입, 피스톤 운동, 그리고 사정이었다. 애무가 뭔지도 몰랐으며, 섹스를 하면 여자도 쾌감을 느낀다는 사실마저도 모르던 철없는 시절이었다.

"흥!"

그때 마담의 차가운 냉소에 정필의 머리에서 희주와 나연의 모습이 픽! 하고 꺼졌다.

정필이 은주의 유방을 아직 입에 문 채로 눈동자만을 굴려서 힐끗 보니까 마담은 아예 테이블에 걸터앉아서 팔짱을 끼고 두 사람을 지켜보고 있어서 그는 이크! 놀라서 더욱 세차게 은주의 유방을 빨면서 손을 움직였다.

그런데 정필은 은주의 원피스가 아래쪽은 걷어 올라가고

또 가슴을 덮은 부위는 아래로 내려와서 허리에 둘둘 말려 있는 것을 발견했다.

뿐만 아니라 자신의 손이 은주의 팬티 은밀한 곳을 더듬고 있는 중인 것을 깨닫고 움찔 놀랐다. 도대체 언제 이런 상황까지 치달았는지 모르겠다. 아무리 마담을 속이기 위한 행동이라지만 도를 넘은 것 같았다. 그는 머릿속이 마구 헝클어져서 매우 혼란스러웠다.

그런데 그가 몸을 일으키려고 하자 은주가 두 손으로 그의 머리를 안은 상태에서 놔주지 않았다.

은주는 소파에 기대듯이 누워 있기 때문에 거의 정면으로 보이는 마담이 무엇을 하는지 잘 알기에 정필을 일어나지 못하게 한 것이다.

이런 일에는 경험이 없는 은주지만 같은 여자로서 마담이 지금 무엇을 하고 있는지 알 수 있을 것 같았다. 한눈에 정필에게 반한 마담은 정필과 은주가 과연 어디까지 가는지 지켜보려는 것 같았다.

아무리 쇼라고 해도 정필은 이게 아니다 싶어서 벌떡 일어나 앉으며 마담을 꾸짖었다.

"뭘 보는 거야?"

예의를 갖출 필요가 없다고 생각한 그는 대뜸 반말로 소리를 질렀다.

그렇지만 마담은 팔짱을 낀 채 생글생글 웃었다.

"구경하는 것도 썩 괜찮은데 계속하지 왜 그만해요?"

정필은 마담을 강제로 내쫓고 싶은 마음이 굴뚝같았다. 그런데 노래를 끝낸 김길우가 정필을 보면서 두 손바닥으로 아래를 누르면서 참으라는 제스처를 해 보였다.

"안 그래도 계속할 거야."

확!

"아!"

말과 함께 정필은 은주를 번쩍 안아서 마주 보는 자세로 자신의 허벅지에 앉혀서 바짝 끌어당겼다.

그런 식으로 두 사람이 딱 붙어 있으면 은주에게 심한 짓을 하지 않아도 될 것 같았고 무엇을 해도 마담에게 방해를 받지 않을 것 같았다.

그러니까 테이블에 앉아 있는 마담은 은주의 등 밖에 보이지 않기 때문에 갑자기 흥미를 잃고 정필 왼쪽으로 와서 앉더니 술을 따라서 혼자 마시다가 빈 위스키 병을 흔들어 보이며 정필에게 물었다.

"사장님! 위스키 한 병하고 안주 하나 더 시킬까요?"

정필은 일부러 그녀를 쳐다보지도 않고 고개만 끄떡이고는 한 손으로 은주의 엉덩이를 잡아 바짝 끌어안고는 부드럽게 키스를 다시 시작했다.

이제는 마담의 날카로운 경계에서 벗어났기 때문에 정필과 은주는 여유를 갖고 천천히 키스를 할 수 있게 되었다. 그래도 방심을 할 수 없어서 키스와 더불어서 손으로는 유방을 부드럽게 쓰다듬듯이 어루만졌다.

조금 여유를 갖게 되어 느끼는 것이지만 은주의 입술은 무척 부드러웠고 혀는 길고 매끄러웠으며 아주 따뜻하고 향긋한 침이 무한정 흘러나와 정필의 목구멍으로 넘어갔다.

또한 가녀린 체형에 비해서 매우 탱탱하고 큰 유방을 갖고 있다는 사실을 정필은 이제야 느낄 수 있었다.

마담은 정필을 포기하는 대신 매상을 올리는 쪽으로 목적을 바꾼 것 같았다. 손님은 달랑 두 명뿐인데 벌써 비싼 위스키를 4병째 시키고 있다.

잠시 후에 마담의 노랫소리가 들렸다. 정필이 슬쩍 쳐다보니까 마담이 노래방 기기 앞에서 노래를 부르면서도 정필에게서 시선을 떼지 않고 있었다.

그녀가 부르는 노래는 김수희의 '멍에'인 것 같았다. 정말이지 그녀의 노래처럼 무거운 멍에가 정필과 은주의 어깨에 지워져 있었다.

정필은 아까 마담이 나갔을 때 은주와의 대화에서 그녀가 엄마와 함께 심양의 봉제공장에서 일을 하다가 탈북자라는 사실이 발각돼서 쫓겨나 거리를 헤매다가 인신매매범에게 붙잡혀 엄마와 그녀가 각각 다른 곳에 팔리면서 뿔뿔이 헤어졌다는 말까지 들었다.

은주가 정필의 입에서 혀를 빼고는 그에게 입술을 비비면서 속삭였다.

"나 말입다, 언니하고 아바이한테 가고 싶습다. 제발 날 좀 데려다주기요."

"걱정 마십시오. 오늘 무슨 수를 써서라도 은주 씨를 아버지한테 데려다주겠습니다."

"여기 깡패들 아주 많습다. 무시기 방법으로 날 데리고 나갈 생각임까?"

"생각 중입니다."

마담의 노래가 끝나자 정필과 은주는 약속이나 한 것처럼 대화를 중지하고 얼른 키스를 시작했다.

두 사람은 지금까지 키스를 오래했기 때문에 키스만큼은 아주 자연스러워졌다.

그래서 당사자인 두 사람조차도 지금은 마담의 눈치를 보는 것이 아니라 마치 연인끼리 애무를 하는 것 같은 기분에 사로잡혔다.

정필은 마담이 이쪽으로 걸어오는 걸 보고 은주하고 더욱 진하게 키스를 하면서 가슴을 더듬었다.

그렇다고 해서 대충 눈가림으로 했다가는 화류계 마담을 속일 수 없을 것 같기에 두 사람은 정말 사랑하는 사이처럼 격렬하게 행위에 몰두했다.

은주는 원피스를 허리까지 걷어 올린 상태에서 다리를 벌리고 정필의 허벅지 위에 마주 보고 앉아 있으며, 또 드러낸 가슴을 온전히 그의 손에 맡기고 있어서 몹시 부끄러웠지만 정필에게만은 괜찮다는 생각이다.

은주는 혀가 뻐근하고 입술이 부르틀 정도로 아팠지만 기분이 매우 야릇해졌다.

자신의 혀가 정필의 입속에서 제멋대로 돌아다니고 침이란 침이 다 빨려갈 때쯤 어느덧 그녀도 정필의 혀를 빨기 시작했다.

키스를, 그것도 이런 깊은 키스를 한 적이 한 번도 없지만 정필이 여태껏 한 것을 보고 그녀도 그대로 답습하고 있는 것이다. 말하자면 학습을 하는 것이다.

정필은 혀를 은주에게 내어주고 손으로 그녀의 가슴을 주무르다가 때로는 손가락으로 유두를 살살 비볐다.

그럴 때마다 은주는 몸을 움찔 떨면서 음… 하는 소리를 내며 그의 혀를 더욱 세게 빨았다.

이제는 마담에게 보이기 위한 행동인지 아니면 두 사람이 서로 원해서 이러는 것인지 모를 지경이 돼버렸다.

김길우는 정필에게서 마담을 떼어놓기 위해서 그의 곁으로 가고 있는 그녀의 팔을 잡고 노래를 정말 잘한다면서 더 부르라고 부추겼다.

마담의 노랫소리가 다시 들리기 시작할 때 정필과 은주는 동작을 멈추었다.

그리고 은주는 자기가 정필의 혀를 빨고 있다는 사실을 깨닫고 얼른 혀를 놓아주며 입술을 뗐다.

그러면서 자기가 오늘 처음 만난 남자에게 거의 몸을 허락하고 또 그의 혀를 빨고 있다는 자각을 하고는 놀라우면서도 신기함을 느꼈다.

"몇 시에 끝납니까?"

"받고 있는 손님이 없으면 새벽 2시 정도고 테이블에 들어가 있으면 손님이 갈 때까짐다."

정필의 물음에 은주는 발갛게 상기된 얼굴로 숨이 차서 할딱거리며 대답했다.

"마담한테 내하고 2차 가겠다고 말해보기요."

"2차? 또 술 마시러 갑니까?"

은주는 수줍게 얼굴을 붉히더니 그의 귀에 입술을 붙이고 속삭였다.

"그게 아니고… 2차를 간다고 하면 아가씨랑 외박하러 가는 겁다."

"아……."

정필은 그때까지도 오른손으로 은주의 보들보들하고 탱탱한 왼쪽 유방을 꼭 쥐고 있었는데 그 자신이나 은주 둘 다 그 사실을 느끼지 못하고 있었다.

은주의 원피스는 여전히 허리에 돌돌 말려 있고 아래에는 팬티만, 브래지어를 하지 않은 가슴을 다 드러낸 모습이지만 둘 다 그런 건 개의치 않았다. 죽느냐 사느냐 하는 급선무가 있는데 그런 건 문제될 게 없었다.

"2차는 어디로 갑니까?"

"근처 호텔이라는 데로 가는 모양임다. 나는 한 번도 앙이 나가봤슴다."

2차를 호텔로 나간다면 룸살롱이나 숙소에서 탈출시키는 것보다 더 쉬울 거라는 생각이 들었다.

정필이 은주를 2차까지 데리고 나가겠다고 하자 마담이 그럴 줄 알았다는 표정을 짓더니 잠깐 기다리라고 하고는 밖에 나갔다가 5분 후에 돌아왔다.

"너희들은 나가 있어라."

마담이 은주와 양양에게 말하고는 정필 옆에 찰싹 달라붙어 앉았다.

정필은 양양을 뒤따라서 입구로 걸어가며 자신을 바라보는 은주를 쳐다보았다.

은주의 얼굴에는 초조함과 간절함이 가득 떠올라 있었고, 정필은 부드러운 미소를 지어보였다.

"라미 쟤는 2차가 좀 비싸요."

마담은 은주를 바라보고 있는 정필을 보면서 그렇게 운을 띠고는 눈웃음을 쳤다.

"쟤 말고 나는 어때요? 우리 집에 오는 손님들이 모두 나 한 번 자빠뜨리려고 생쇼를 다하는데."

정필이 대꾸도 하지 않자 마담은 곱게 그를 흘기고는 할 수 없다는 듯 말했다.

"쟤는 천연기념물이라서 비싸요."

"그게 뭡니까?"

"천연기념물, 라미 쟤가 숫처녀라고요. 아다라시, 버어진, 언더스탠드?"

"아……"

"쟤 술자리에 내놓은 지 보름째인데 여태까지 가격이 안 맞아서 2차 내보내지 못했어요. 젊은 사장님은 쟤 데리고 나갈 만큼 지갑 두둑해요?"

"얼마요?"

정필은 마담이 질질 끄는 게 못마땅해서 아예 단도직입적으로 물었다.

마담은 큼직한 사파이어 알이 박힌 반지를 낀 검지를 세워

보이며 턱을 치켜들었다.

"더도 덜도 아닌 만 위안이에요. 한국 돈으로 120만 원. 낼 수 있어요?"

"저쪽 아가씨는?"

정필은 맞은편에 앉은 김길우를 턱으로 가리켰다. 그의 파트너 양양의 2차는 얼마냐는 것이다.

"200위안이에요."

은주의 2차 비용은 룸살롱 일반 아가씨의 50배다. 그러나 정필은 은주가 그 이상의 가치가 있기 때문에 조금도 비싸다는 생각을 하지 않았다.

그런데 김길우가 손을 저었다.

"저는 됐슴다. 부하가 사장님하고 똑같이 놀려고 하믄 어디 되겠슴까?"

"갑시다."

정필이 벌떡 일어나자 마담이 따라 일어섰다.

"라미 2차 데리고 나가실 거예요?"

"그럴 겁니다."

마담은 낙랑공주 보통 아가씨들 2차 비용의 50배를 불렀는데도 눈 하나 까딱하지 않고 데려가겠다는 정필의 빵빵한 지갑의 힘과 배포에 놀라는 표정을 지었다.

"계산서예요."

마담은 볼수록 매력이 넘치는 정필이 아까워 죽겠다는 듯 계산서를 내밀었다.

"그리고 내일 아침에 라미는 호텔에 놔두고 사장님 혼자 나가시면 돼요."

정필은 술값 7천 위안과 은주의 2차 요금 만 위안을 달러와 위안화를 섞어서 계산하고 밖으로 나왔다.

웨이터가 낙랑공주 입구에서 기다리고 있다가 정필에게 꾸벅 허리를 굽히고 나서 앞장섰다.

"사장님, 절 따라오십쇼."

정필이 웨이터를 뒤따라가면서 보니까 먼저 나간 김길우가 30m쯤 떨어진 어느 건물 앞에 서서 슬쩍 고개를 끄떡여 보였다. 지켜보고 있으니까 염려하지 말라는 뜻이다.

웨이터가 안내한 곳은 낙랑공주에서 50m쯤 떨어진 곳에 위치한 B급 호텔이었다.

웨이터는 프론트에 다녀오더니 엘리베이터를 눌러 문까지 열어주며 또 꾸벅 허리를 굽혔다.

"5층 504호입니다. 즐거운 시간 되십쇼."

웨이터가 열려 있는 엘리베이터 문을 손으로 잡은 채 뭔가 기다리는 것처럼 멀뚱히 서 있는 걸 보고 정필이 10위안을 주자 그제야 허리를 꾸벅 숙이며 문을 놔주었다.

사박사박…….

나이키 운동화를 신은 정필은 엘리베이터에서 내려 두툼한 융단이 깔린 5층 복도를 천천히 걸어갔다.

복도에는 붉고 흐린 불빛이 비추고 있을 뿐 사람은 아무도 보이지 않았다.

엘리베이터가 복도 중간에 있고 504호가 오른쪽에 있어서 왼쪽으로는 가보지 않았으나 사람의 기척이나 그 외의 것은 느껴지지 않았다.

정필이 504호 앞에 서서 좌우를 살펴봐도 여전히 사람의 모습은 눈에 띄지 않았다.

똑똑똑…….

노크를 하니까 안쪽에서 아무 소리도 나지 않고 침묵이 흘러서 정필은 혹시 안에 은주가 없는 것은 아닌가 하는 생각이 들었다.

그런데 한참이 지나서야 문 안쪽에서 겁먹은 듯한 은주의 목소리가 조그맣게 들렸다.

"뉘기요?"

"납니다."

딸깍… 척!

고리를 푸는 소리에 이어서 문이 살짝 열리고 잔뜩 긴장한 표정의 은주 얼굴이 보이자 정필은 문을 열고 안으로 쑥 들어갔다.

"아… 오셨구만요."

은주는 정필에게 바싹 다가서면서 그의 가슴에 두 손을 대며 안기듯 반가워했다.

정필은 한 팔로 은주를 감싸듯 어깨를 안고 천천히 호텔방 실내를 둘러보았다.

객실은 정필이 연길에서 잠시 묵었던 백산호텔이나 대동소이했다. 아담한 실내 공간에 퀸 사이즈 침대와 2인용 테이블과 의자 2개, 욕조가 달린 화장실, 창에는 두꺼운 커튼이 처져 있었다.

"저 너무 무서……."

방 한가운데 우뚝 서서 예리하게 주위를 둘러보고 있는 정필에게 은주가 바싹 붙어서 말하려는데 그가 손가락을 입에 대며 말하지 말라는 시늉을 해 보였다.

정필은 두 손으로 은주의 어깨를 잡고 그녀의 머리에서 발끝까지 자세히 살펴보았다.

은주는 요즘 유행하는 멋진 바지에 두툼한 파카를 입었으며 룸살롱에서는 머리를 틀어 올렸었는데 지금은 긴 머리를 늘어뜨리고 머리핀을 꽂은 모습이라서 훨씬 청초하면서도 세련된 모습이다.

정필은 은주가 입고 있는 파카를 벗기고 나서 옷을 벗으라
는 손짓을 해 보였다.

영화 같은 데서 보면 이런 경우에 여자에게 도청장치 같은
것을 지니게 하던데 혹시 은주에게 그런 것이 있는지 살피려
는 것이다.

물론 과잉반응이겠지만 철저하게 살펴봐서 나쁠 게 없다는
것이 정필의 생각이다.

은주는 정필이 진지하게 굳은 표정인 걸 보고는 조심스럽
게 파카부터 하나씩 벗기 시작해서 마지막에는 브래지어와
팬티만 입은 모습으로 다소곳이 서서 정필이 어떻게 하는지
지켜보았다.

정필은 그녀가 벗어놓은 파카와 티셔츠, 바지를 샅샅이 살
펴보았지만 도청장치 같은 것은 눈에 띄지 않았다.

"옷을 입어요. 이젠 말해도 됩니다."

정필은 옷을 침대에 놓으면서 부드럽게 말했다.

"무슨 일이 있습까?"

은주는 얼른 옷을 입지 않고 겁먹은 얼굴로 오도카니 서서
정필을 바라보았다.

"혹시 도청장치 같은 게 있는지 살펴본 겁니다."

고급 레이스가 달린 짧은 팬티와 브래지어만 입고 서 있는
은주의 모습은 꽤나 글래머러스했다. 키는 은애하고 비슷한데

몸매가 은애보다 좀 더 볼륨이 있었다.

"도청장치가 뭡까?"

"남의 말을 엿듣는 장치입니다."

"아……"

은주는 바지와 티셔츠를 입고 나서 파카는 의자에 걸쳐놓고 정필이 침대에 걸터앉자 그 옆에 나란히 앉았다.

"언니야랑 아바이, 은철이 얘기 좀 해주시라요."

은주로선 가족들이 무척이나 궁금할 것이다.

정필은 은애 얘기를 어떻게 할까 궁리하다가 은애가 죽었다는 말은 당분간 하지 않기로 마음먹었다.

이제 곧 이곳에서 탈출을 해야 하는 은주가 은애의 죽음을 알고 나서 큰 충격을 받게 된다면 여러모로 지장이 있을 것 같기 때문이다.

그러므로 은애에 대해서는 나중에 기회를 봐서 해줄 생각이다. 다른 사람은 몰라도 은주에게만큼은 언니에 대해서 사실대로 말해줘야 할 것 같았다.

정필은 자신이 두만강 무산 반대편 중국 쪽에 서 있는데 은애가 아버지, 은철과 함께 도강하는 것을 발견하고 그때부터 돕기 시작한 것이라고 설명해 주었다.

설명을 듣고 난 은주는 눈물을 뚝뚝 흘리면서 정필 쪽으로 몸을 틀어 두 손을 앞에 모으고 깊숙이 고개를 숙였다.

"이제 보이 우리 가족의 큰 은인이셨구만요. 그런데 이제는 저까지 구하러 이 먼 데까지 오셨으니… 너무 고맙고 미안해서리 염치가 없슴다."

고개를 숙이고 있는 은주의 손등으로 눈물이 뚝뚝 떨어지는 걸 보고 정필은 그녀의 두 손을 부드럽게 잡았다.

"은주 씨는 얼굴만이 아니라 목소리하고 말투까지 은애 씨하고 꼭 닮았군요."

은주는 수줍은 미소를 지었다.

"그런 말 마시라요. 언니야가 훨씬 더 이쁨다. 저는 언니야에 비하면 절반도 따라가지 못함다."

자매가 쌍둥이처럼 닮은 것 같았는데 자세히 보니까 다른 점이 있었다.

은애는 동양적인 우아한 미인인데 비해서 은주는 서구적인 시원한 이목구비를 가지고 있었다. 그리고 은주는 은애에 비해서 조금 어려 보였다. 하기야 은애는 23살이니까 21살인 은주가 어려 보이는 것은 당연하다.

정필은 프런트에 전화를 해서 자기한테 전화가 오면 돌려달라고 부탁을 했다.

"밖에서 누가 지켜보고 있으면 이상하게 여길 테니까 불을 끕시다."

탁!

정필은 밝은 불을 끄고 침대 머리맡의 작은 불을 켰다. 붉고 푸른 흐릿한 불이 켜지자 은주의 모습이 아까보다 더욱 신비하고 아름답게 보였다.

슥—

"좀 누워야겠습니다."

정필은 가죽점퍼를 벗고 침대에 벌렁 누웠다. 김길우가 바깥의 동향, 즉 은주를 기다리거나 지키는 사람이 있는지 확인을 한 후에 정필에게 전화를 해주기로 약속이 돼 있으니 그때까지 기다리는 동안 쉴 생각이다.

어두컴컴한 방 안에 정필은 침대에 눕고 은주는 침대 옆에 걸터앉아서 잠시 어색한 침묵이 흘렀다.

"그런데 말임다, 저는 이제껏 선생님 성함도 물어보지 못했습다."

은주가 미안한 표정으로 몸을 비틀어서 정필을 돌아보며 물었다.

정필은 베개 두 개를 포개서 높이고 나서 대답했다.

"최정필입니다. 대한민국 서울에 살고 있습니다."

"최정필 선생님이었구만요. 대한민국이 아주 잘사는 나라라는 거이 저하고 아매는 중국에 와서리 알게 됐습다."

은주는 정필 쪽으로 몸을 기울여 팔을 짚고 말했다.

"가족들 얘기 더 듣고 싶슴다. 베드로의 집이라는 거이 뭐하는 곳임까?"

정필은 자신의 옆을 손바닥으로 툭툭 두드렸다.

"은주 씨도 누워서 좀 쉬세요."

그는 별 뜻 없이 그렇게 말했고 은주도 그렇게 받아들여 부스럭거리면서 정필의 옆에 나란히 천장을 보고 누웠다.

정필은 눈을 감고 나직한 목소리로 설명했다.

"베드로의 집은 한국에서 오신 장중환 목사라는 분이 탈북자들을 위해서 마련하신 은신처입니다. 목사님은 탈북자들이 중국 공안에 붙잡히지 않도록 보호하면서 아울러 탈북자들이 원할 경우 한국으로 데려다주는 일도 하시는 아주 훌륭한 분이십니다."

은주로선 모든 게 신기하고 모르는 것투성이다.

"목사님이 뭐하는 직업임까?"

두 사람은 누워서 도란도란 대화를 나누다 보니까 한 시간이 훌쩍 지나가 버렸다.

어느덧 화젯거리가 거의 사라져 갈 무렵 은주가 천장을 말끄러미 응시하면서 지금까지보다 훨씬 조그만 목소리로 독백처럼 중얼거렸다.

"저는 처음이었슴다."

"네? 뭐라고 말했습니까?"

정필은 그녀의 목소리가 너무 작아서 제대로 듣지 못했다.

"남자하고 입 맞춘 거이 전 처음이었슴다."

"……."

은애도 그렇게 말했었다. 태어나서 처음으로 정필과 입맞춤을 했었다고 말이다.

그런데 은애 동생 은주에게 생애 첫 키스를 한 남자도 정필이 돼버렸다. 본의 아니게 정필은 한 자매에게 첫 키스를 한 남자가 되고 말았다.

은주가 정필을 향해 돌아누우려고 하다가 갑자기 낮은 신음 소리를 냈다.

"아……."

"왜 그럽니까? 어디 아픕니까?"

"아… 아닙다……."

은주는 정필을 향해 돌아누운 상태에서 얼굴을 곱게 찡그리고 눈을 내리깔며 말을 얼버무렸다.

"먼 길을 가야 하는데 아픈 곳이 있으면 곤란합니다. 많이 아프면 치료를 해야 하니까 말해보십시오."

정필이 상체를 일으키면서 정색을 하고 물으니까 그제야 은주는 손으로 자신의 가슴을 가리키면서 기어드는 목소리로 겨우 말했다.

"아까… 오라바이가 가슴을 너무 세게 빨아서리… 그리고 손으로 막 비틀기도 하고… 그래서리 많이 아픕다. 옷 갈아입을 때 보니까 벌겋고 퍼렇게 멍이 들었습다."

"미안합니다."

정필은 아까 룸살롱에서 자신이 은주의 유방을 미친 듯이 빨고 유두를 비틀고 또 깨물었던 것이 생각나서 얼굴이 화끈거려 어쩔 줄을 모르느라 은주가 '오라바이'라고 부른 것을 몰랐다.

정필이 다시 눕자 은주는 조심스럽게 그의 가슴에 손을 얹고는 짐짓 목소리를 차갑게 했다.

"도대체 무슨 생각으로 아까 저를 그렇게 험하게 대했던 거임까?"

정필이 왜 그랬는지 알면서도 은주는 생전 처음 키스는 물론이고 유방과 그리고 은밀한 곳까지 무방비 상태로 침입당한 것에 대해서 작은 원망을 했다.

"미안합니다."

정필로서는 미안하다는 말밖에 할 말이 없다. 아무리 상황이 그랬다고 해도 21살 먹은 순진한 처녀에게 할 짓이 아니었기 때문이다.

"괜찮습다. 그때는 그럴 수밖에 도리가 없었잖습까? 괜히 그래본 거이니끼니 마음에 두지 마시라요."

은주의 손가락이 정필의 가슴에서 이리저리 부유하며 간질여서 그는 고개를 돌려 그녀를 쳐다보았다.

그러다가 그녀의 얼굴이 바로 코앞 10㎝도 못 되는 곳에서 자신을 말끄러미 응시하고 있는 것을 발견했다. 은주의 숨결이 호록호록 정필의 코를 간질였다.

은주는 정필을 말끄러미 바라보고, 정필도 그녀를 응시하면서 시간이 멈춘 것 같은 정적이 흘렀다.

슥…….

그런데 갑자기 은주가 얼굴을 조금 들더니 정필의 입술에 자신의 입술을 가만히 갖다 댔다.

은주는 갑자기 정필과 입을 맞추고 있는 자신을 발견하고 깜짝 놀랐다.

'옴마야! 내가 지금 뭐이를 하는 거이야? 미쳤나 봐…….'

그러면서도 은주는 행동을 멈추지 않았다. 그녀의 이런 점이 언니 은애하고 다른 점이다.

은애는 이성적이고 차분하지만 은주는 다분히 감성적이다. 생각을 하면서도 감정이 먼저 앞서고 그리고 그 감정에 충실한 편이다.

그녀는 낙랑공주에 오늘까지 보름 동안 아가씨로서 일하면서도 손님들에게 손목을 잡혀본 것 외에는 한 번도 낭패한 꼴을 당한 적이 없었다.

룸살롱이 무엇을 하는 곳인지 짐작을 하게 된 그녀 자신이

고슴도치처럼 잔뜩 몸을 사려서 손님들의 몹쓸 짓을 원천봉
쇄했기 때문이기도 했지만, 마담 또한 그녀의 몸값을 최대한
높이기 위해서 그러는 것을 묵인해 준 덕분이다.

그러나 오늘 낙랑공주에서 은주는 정필의 애무를 추호도
반항하지 않고 그대로 받아들였다.

처음에는 그가 가족을 구했으며 그녀까지 구하러 왔다는
사실 때문에 놀랐으며, 또 마담에게 의심을 사지 않기 위해서
라는 이유가 있었지만, 만약 그녀가 정필을 싫어하여 저항을
했다면 절대로 그런 일은 이루어지지 않았을 것이다.

사람이 사람을 특히 여자가 남자를 싫어하면 그건 게임 오
버다. 밑바탕에 제아무리 근사한 이유나 목적의식이 있다고
해도 무조건 싫은 남자하고는 무엇을 해도 껄끄럽게 불협화
음이 나고 말 것이다.

이유야 어찌 됐든 간에 은주는 자신의 모든 것을 한순간에
가져가고 또 짓밟은 정필에게 호감, 아니, 놀랍게도 사랑을 느
끼기 시작했다.

하얀 백지에 정필이 최초로 붉은 물감을 선명하게 들여놨
기 때문이다.

그런데 그것뿐만이 아니다. 물감을 들인 남자가 은주의 마
음에 쏙 들었다.

그녀는 외모든 마음이나 정신 같은 것들이 정필처럼 완벽

한 남자가 이 세상에 존재한다는 말조차 들어본 적이 없었다.

은주가 입술을 붙이고는 가만히 비벼대는데도 정필은 그대로 있었다.

입술을 뗀다든가 밀어내는 것은 그녀를 당황하게 만드는 것 같았기 때문이다.

그런데 은주가 눈을 감고는 자신의 입술로 정필의 아랫입술을 살짝 물고는 조심스럽게 빨았다.

아까 룸살롱에서 서로의 혀를 미친 듯이 빨아댄 것에 비하면 이건 양반이다. 그런데도 그때보다 은주의 심장이 더 쿵쾅거렸다.

은주는 초조해졌다. 자신이 먼저 정필에게 입을 맞추고 입술을 빨기까지 하는데 그가 아무런 반응을 보이지 않고 있기 때문이다.

이대로 그만두고 물러난다면 은주는 부끄러워서 도저히 정필의 얼굴을 마주 쳐다보지 못할 것만 같았다.

그것도 그렇지만 아까 낙랑공주에서 무언가에 쫓기듯이 했던 키스 말고 어느 누구의 방해도 받지 않는 상황에서 둘만의 순수함에서 시작된 키스를 하고 싶다는 그녀의 마음이 무참하게 짓밟히게 될 것이 더 두려웠다.

그렇지만 여기에서 물러나는 것은 조은주가 아니다. 그녀는 오히려 조금 더 용기를 냈다.

두 손으로 정필의 뺨을 살짝 잡고 혀를 그의 입속으로 조심스럽게 밀어 넣었다.

슥…….

그때 정필이 몸을 완전히 은주 쪽으로 돌려 누우면서 허리에 팔을 두르자 그녀는 왈칵 눈물이 날 것처럼 감격하고 동시에 하늘에서 행복의 소나기가 쏟아지는 느낌을 받았다.

정필은 커다란 손으로 은주의 등을 천천히 쓰다듬으면서 그녀가 집어넣은 혀를 부드럽게 빨았다.

"으음……."

은주는 아까 낙랑공주에서 했던 키스하고는 달리 지금은 온몸이 초처럼 녹아내리는 쾌감을 느끼면서 몸을 바들바들 떨었다.

이런 느낌은 그녀가 기대했던 것 이상이었다. 키스라는 것이 이 정도로 감미로울 줄은 예상하지 못했었다. 그녀가 기대했던 것 이상이었다.

정필 역시 아까하고는 달리 지금은 흥분을 느끼고 있다. 술에 취한 것도 아니고, 은주를 은애라고 착각하는 것도 아닌데 그의 흥분은 점점 빠르게 고조되고 있었다.

사실 이유라면 딱 한 가지 정필이 25살의 팔팔한 청년이라는 것이다.

그리고 덧붙이자면 그가 마지막으로 여자를 안아본 것이

오늘로써 4년하고도 2달째다.

대학 2학년 여름방학이 끝나고 나서 연인이었던 희주와 섹스를 한 것이 마지막이었다.

그는 희주가 떠나고 나서 곧바로 특전사에 입대했으며 오늘까지 한 번도 여자를 안아본 적이 없었다. 많은 남자들이 휴가를 나올 때나 전역을 하고 나서 술집 여자나 창녀촌의 여자를 안는 것으로 넘치는 욕정을 푼다고 하지만, 정필은 그런 것을 죄악시 여겼었다.

21살 가을에 마지막 섹스를 하고 25살이 된 지금껏 여자를 안아보지 못한 피 끓는 청춘이 지금 흥분을 주체하지 못하고 있다는 것이 정답이다.

은주는 그저 정필과 키스만 하려고 했었다. 그것은 단지 정필에게 무언가를 확인하려는 의도였기 때문에 지금 이 행위를 끝내도 그녀는 충분히 만족할 수 있었다. 더구나 그녀는 키스 이상의 행위에 대해서 알지도 못한다.

그런데 그녀가 예상하지 못했고 의도하지 않았던 일이 벌어지기 시작했다.

그녀의 몸이 뜨거워지면서 키스보다 더한 것을 요구하기 시작했고, 마침내 정필은 그녀의 요구를 행동으로 보여주기 시작했다.

따르르릉…….

갑자기 전화벨이 울렸다.

"헉헉헉……."

"하아아… 하아……."

정필과 은주는 모든 동작을 뚝 멈추고 정신이 번쩍 들었다.

두 사람은 옷을 모두 벗고 알몸이 된 상태였고 정필은 미친 듯이 은주의 온몸 구석구석을 손과 입으로 깊은 애무를 하는 중이었다.

따르르릉…….

전화벨이 극성스럽게 울려댔다.

정필은 입에 물고 있던 은주의 유방을 놓아주면서 그녀의 은밀한 부위에서 손을 거두고 침대 머리맡에 놓인 전화기를 향해 팔을 뻗었다.

그가 전화를 받는 동안에도 은주는 두 팔로 그를 꼭 끌어안고는 가쁜 숨을 할딱거렸다.

그녀는 지금 자신이 무엇을 하고 있는 것인지 전혀 알 수 없을 정도로 정신이 혼미했다. 이런 흥분과 쾌감을 생전 처음 느껴봤기 때문이다.

"알겠습니다. 곧 움직이도록 하죠."

척!

수화기를 내려놓으면서 정필은 은주와 이런 상황까지 오게 된 것에 대해서 자신의 기분이 참담하지도 후회스럽지도 않다는 사실에 적잖이 놀랐다.

정필은 두 손으로 자신의 엉덩이를 끌어안고 배에 입을 맞추고 있는 은주를 내려다보며 미소를 지었다.

"은주 씨, 이제 가야 합니다."

"오라바이, 정말로 큼다. 이기 정말 인간의 것이 맞슴까?"

은주는 딴소리를 했는데 정필은 그게 무슨 말인지 알아듣지 못했다.

그녀는 정필의 엉덩이에서 팔을 풀고 자신의 가슴을 찌르고 있는 그의 단단하게 발기한 남성을 쳐다보면서 귀신을 본 것처럼 놀란 표정을 지었다.

"이런 엄청난 거이 어찌 여자 몸에 들어감까?"

정필이 귀엽다는 듯 머리를 쓰다듬는데 그녀는 흐릿한 불빛 아래에서 고개를 들고 그를 바라보았다.

"오라바이, 여자하고 해봤슴까?"

은애라면 절대로 이런 황당한 질문은 하지 못했을 것이다. 은주의 당돌함에 정필은 당황하기보다는 부드러운 미소를 지었다.

"해봤습니다."

은주는 주먹으로 정필의 가슴을 때렸다.

"날강도. 그러면서 내를 이렇게 만들다이… 오라바이는 순날강도야."

정필은 침대에서 내려와 바닥에 흩어져 있는 옷을 주워 입기 시작했다.

"은주 씨, 서둘러요."

은주는 돌아누워서 정필에게 뒷모습을 보인 채 꼼짝도 하지 않았다.

붉고 푸른 흐릿한 조명 아래 은주의 벗은 뒷모습은 조각상인 듯 매끄러워 보였다.

"은주야, 서둘러라. 일케 말하믄 일어날 거임다."

은주는 자꾸만 정필을 미소 짓게 만들었다.

"은주야, 서둘러라."

"네! 오라바이!"

정필이 가죽점퍼를 걸치고 있는데 은주가 벌거벗은 몸으로 침대에서 팔짝 내려섰다.

은주의 나신을 보던 정필은 뜻밖이라는 표정을 지었다. 희미한 조명 아래에 옥을 깎고 다듬은 듯한 비너스상이 거기에 서 있는 듯한 착각이 들었다.

벌거벗은 은애의 나신을 여러 차례 봐온 정필은 또 한 명의 은애가 눈앞에 서 있는 것 같았다.

아니, 은애는 청초하고 다소곳한데 비해서 은주는 유혹적이고 도발적인 몸매를 지녔다.

"오라바이, 뭘 봄까?"

은주는 톡 쏘면서 곱게 눈을 흘기지만 싫지 않은 표정이다.

정필은 문득 남녀의 관계라는 것이 몹시 신기하다는 생각이 들었다.

어제까지만 해도 그는 은주에 대해서 아무것도 모르고 얼굴조차도 알지 못했었다.

그런데 하루도 아니고 불과 몇 시간 만에 연인이나 된 것처럼 이렇게 가까운 사이가 될 수 있다니 신기하다는 생각 말고는 들지 않았다.

남자끼리는 이렇게 단시간 만에 가까워지는 일은 절대로 있을 수가 없다.

남자의 우정은 세월과 술, 공감대, 솔직함 같은 것들이 어우러진 후에야 생기는 것이다.

그런데 남녀는 불과 몇 시간 만에 부부나 연인처럼 가까워질 수 있다는 게 신기하다는 말밖에는 설명할 길이 없다. 아마도 남녀 간에는 수만 마디 말로 해야 하는 언어를 육체로 대신해서 나누기 때문에 가능한 것인 듯했다.

정필은 은주가 옷을 다 입기를 기다렸다가 그녀 앞에 서서 굳은 얼굴로 말했다.

"내 말 잘 들어요."

"말을 놓기요."

"그래. 은주야, 내 말 잘 들어라. 내가 나가면 아무한테도 문을 열어주면 안 된다."

은주가 비로소 긴장한 얼굴로 한 걸음 바싹 다가섰다.

"오라바이 어딜 감까?"

정필은 두 손을 은주 어깨에 얹었다.

"널 지키는 놈이 두 명 있다. 그놈들을 처치하고 나서 데리러 오겠다."

'처치한다'는 말에 은주 얼굴에 두려움이 한 겹 살얼음처럼 깔렸다.

"죽일 검까?"

"아냐. 우릴 따라오지 못하게 만들면 된다."

"위험하지 않슴까? 오라바이 다치면 어쩜까?"

"괜찮으니까 걱정하지 마라."

은주는 두 손을 가슴에 모으고 진심 어린 표정을 지었다.

"오라바이 죽으면 내도 따라 죽을 검다. 기니끼니 알아서 조심하기요."

"알았다."

정필은 은주의 봉긋한 가슴에 손을 대고 노크를 하듯이 가만히 두드리는 시늉을 했다.

"이따가 내가 문을 3번 두드리고 잠시 쉬었다가 2번, 그리고

다시 3번 두드리면 열어라. 그 외에는 절대 열면 안 된다. 알
았니?"

그건 영실네 아파트 현관을 노크하는 신호다.

"네."

"간다."

정필이 돌아서려는데 은주가 그의 팔을 잡았다.

돌아보니까 은주가 까치발을 하면서 입술을 뾰족하게 내밀
고 있다. 키가 20㎝ 이상 작은 그녀와 뽀뽀를 하려면 정필이
허리를 굽혀야 한다.

그가 두 팔로 은주의 허리를 안아서 들어 올리자 그녀는
기다렸다는 듯이 두 팔로 그의 목을 감으면서 뽀뽀가 아니라
깊은 키스를 했다.

방에서 나온 정필은 5층 복도 끝에서부터 계단까지 걸어가
면서 주위를 세심하게 살폈다.

김길우 말로는 호텔에서 좀 떨어진 곳에 승용차 한 대가 주
차해 있으며, 운전석과 조수석에 사내 둘이 타고 있는데 은주
를 감시하는 자들 같다고 했다.

김길우가 호텔에 직접 들어와서 5층도 조사해 보고 호텔
주변도 돌아다녔는데 주차한 차 안의 사내 두 명 외에는 수상
한 자가 없다는 것이다.

뜻밖에도 김길우는 정필이 무슨 일이라도 시키면 기대 이상
으로 해주는 착실함이 있다.

그래도 정필은 원래 용의주도한 성격이라서 5층에 아무도
없다는 것을 자신의 눈으로 확인한 다음에야 엘리베이터를
타고 일 층으로 내려갔다.

엘리베이터 안에서 시계를 보니 새벽 2시 20분이다.

땡!

일 층 엘리베이터에서 나온 그는 불이 꺼진 프런트 앞을 지
나 현관으로 똑바로 성큼성큼 걸어갔다.

저벅저벅…….

호텔 계단 아래에 김길우의 볼보가 시동을 켠 채 헤드라이
트를 켜고 대기해 있었다. 그가 조수석에 타자 볼보가 천천히
출발했다.

"왼쪽 한식당 앞에 차 한 대 보임까?"

김길우의 말에 정필은 운전석 창을 통해서 15m 거리의 한식
당 앞에 이쪽을 향해서 주차해 놓은 검정색 승용차를 발견했다.

승용차 뒤에서 하얀 배기가스가 뿜어 나오는 것으로 미루
어 히터를 틀기 위해서 시동을 켠 것 같았지만 안쪽은 어두워
서 보이지 않았다.

"운전석과 조수석에 두 놈이 있슴다. 가끔 오줌 누러 나오
는 것 말고는 꼼짝도 하지 않슴다. 아, 자주 창문을 열고 담배

를 피우드만요."

김길우는 정필을 쳐다보았다.

"어떻게 함까?"

"놈들 뒤에 멀찍이 세우세요. 라이트 끄고."

"알겠슴다."

볼보는 왼쪽으로 크게 한 바퀴 돌아 조금 전에 정필이 나왔
던 호텔을 정면으로 보는 길로 들어서면서 헤드라이트를 끄
고 속도를 줄여 천천히 나아갔다.

"앞에 두 번째 차임다."

김길우가 볼보를 어두컴컴한 오른쪽 길가에 바싹 붙여 세
우면서 턱으로 전방을 가리켰다.

볼보 10m 앞에 빈 차 한 대가 주차되어 있고 그다음에 두
사내가 탄 차가 있다.

빈 차 너머로 두 사내가 탄 차에서 나온 하얀 배기가스가
뭉클뭉클 솟아오르는 게 보였다.

"시동 끄세요."

정필의 말에 김길우가 시동을 껐다. 밖의 날씨는 영하 15도
이기 때문에 히터가 없으면 차 안은 오래지 않아서 냉동실이
될 테고, 체감온도는 영하 20도 이하로 떨어질 것이라서 두
사람은 한 시간 이상 버티기가 어려울 것이다.

그렇지만 이 차에서 하얀 배기가스가 뿜어지는 걸 앞차의 사내들이 보면 수상하게 생각할 것이다.

"이제 어쩝니까?"

김길우가 앞쪽 두 번째 차에서 뿜어 나온 배기가스가 밤하늘에 흩어지는 것을 보면서 물었다.

정필은 안주머니에서 담배를 꺼냈다.

"담배나 한 대 피웁시다."

김길우는 깜짝 놀랐다.

"아! 터터우 담배 피웁니까?"

정필은 담뱃갑을 툭툭 쳐서 한 개비를 꺼내 입에 물고 다시 한 개비를 길게 뽑아 김길우에게 내밀었다.

김길우가 두 손으로 공손히 담배를 뽑는 것을 보고 정필은 상체를 뒤로 비틀어서 가죽점퍼 지퍼를 열고 안쪽에서 라이터를 켜서 담뱃불을 붙였다.

라이터를 켤 때 불이 번쩍이면서 이쪽의 모습이 순간적으로나마 보일까 봐 우려한 행동이다.

아무것도 아닌 것 같지만 그런 사소한 실수 하나 때문에 일을 망칠 수도 있다.

정필이 불을 붙인 담배를 내밀자 김길우가 두 손으로 받아서 자기 담배에 정필의 담배를 맞붙여서 불을 붙이고는 다시 정필에게 주었다.

김길우가 차 시동을 켜서 운전석과 조수석의 창문을 약간 열고는 시동을 껐다.

"후우……."

남자끼리는 담배를 피울 때와 오줌을 눌 때, 그리고 목욕을 할 때 가장 동질감을 느낀다고 하는데 정필과 김길우도 그럴지는 모르겠다.

김길우가 담배를 두어 모금 깊게 빨고 내뱉더니 담배를 들어 보이면서 감탄을 했다.

"이거이 맛이 정말 좋습니다. 한국 담배임까? 이 담배 이름이 뭡니까?"

"오마샤리프입니다."

"이름도 근사하구먼요. 맛이 중국 담배하고는 댈 게 아닙니다. 정말 부드럽고 좋습니다. 이거이 하나만 봐도 한국이 중국보다 대단한 선진국 아니겠습니까?"

김길우는 평상시에는 함북 악센트가 조금 들어간 거의 서울 표준어를 구사했다.

김길우가 문득 생각난 듯이 물었다.

"한국에서는 이런 볼보 차 같은 거 구하기 쉽습니까?"

정필은 자동차 중고 시장에 대해서는 잘 모르지만 서울 거리에 볼보나 벤츠, BMW 같은 외제 차들이 더러 굴러다니는 것을 봤었다.

"그럴 겁니다."

"여기에서는 이딴 볼보 차 같은 거이 구하는 게 하늘의 별 따기입니다. 구경하기도 어렵구요."

"그렇습니까?"

정필은 볼보를, 그것도 850GLT 같은 명차 급을 연길에서 구하게 될지는 생각하지도 못했었다. 그러니까 김길우의 말은 과장이 아닐 것이다.

"그래서 말인데요?"

김길우가 담배를 깊이 한 모금 빨고 재떨이에 비벼 끄더니 상체를 정필 쪽으로 기울였다.

"한국에서 이런 외제 차를 구해서리 연길에서, 아니, 길림성 전체에서 팔면 돈 좀 벌지 않갔슴까?"

김길우가 함북 사투리를 쓰기 시작했다.

정필은 자신이 이곳에서 오래 머물면 그것도 좋은 사업이 될 거라고 생각하지만 그럴 가능성은 희박할 거 같다.

"그렇겠군요."

정필이 앞쪽의 차를 주시하면서 진지하게 듣지 않는데도 김길우는 계속 자신의 의견을 피력했다. 그의 구상은 정필이 듣기에도 괜찮은 것 같지만 단지 그것뿐이다.

"만약 터터우가 한국에 돌아가서 저한테 중고 외제 차를 보내주시면 여기서 팔아서리 큰돈을 벌 수 있을 겁다. 7대3 어떻습까? 터터우께서 7이고 제가 3입다."

"생각해 보지요."

정필의 반응이 뜨뜻미지근해서 두 사람의 대화는 더 이어지지 않았다.

정필은 호텔에서 초조하게 자신을 기다리고 있을 은주의 심정을 생각하니까 빨리 저 사내들을 처리하고 그녀에게 가야겠다는 마음이 가득해서 김길우의 말이 제대로 귀에 들어오지 않았다.

바로 그때 앞쪽 차 조수석 문이 열리는 것 같더니 사내 한 명이 내렸다.

김길우가 상체를 앞으로 숙이면서 긴장했다.

"오줌 누러 가는 모양이우다."

기회는 생각보다 일찍 찾아왔다. 볼보 안이 슬슬 추워지기 시작하는데 더 시간을 끌었다간 정필이나 김길우가 견디기 어려웠을 것이다.

정필은 실내등 스위치를 Off로 한 후에 조수석 문을 살짝 열고 내려 오른쪽에 늘어선 가게 아래 어두운 곳을 따라 앞쪽으로 살금살금 빠르게 달려 나갔다.

앞차 조수석에서 내린 사내는 차에서 뒤쪽으로 5m쯤 떨어진 전봇대 앞에 서서 바지 지퍼를 내리고 있었다.

정필은 청바지와 검은색 가죽점퍼를 입었기 때문에 캄캄한 밤에 더욱 어두운 건물 아래에 붙어서 달려가면 이쪽을 쳐다본다고 해도 거의 눈에 띄지 않는다.

사내는 오줌을 오래 참았는지 거센 오줌줄기가 전봇대에 부딪쳐서 튀자 뒤로 물러서면서 계속 누었다.

사람은 오줌을 눌 때 반쯤 멍한 상태가 되게 마련이라서 사내는 고개를 들고 멍하니 위를 쳐다보다가 뭔가 이상한 기적을 느꼈는지 힐끗 뒤돌아보았다.

정필은 비호 같이 달려들면서 사내의 뒤통수를 잡아 그대로 전봇대에 박치기를 시켰다.

꿍!

"왁!"

정필은 이마에서 박 깨지는 소리를 내며 뒤로 퉁겨지는 사내를 잡아 재빨리 근처 으슥한 곳에 눕히고 사내가 나온 승용차 쪽을 쳐다보았다.

사내의 머리가 전봇대에 부딪치면서 내는 소리와 비명 소리가 났기 때문에 운전석의 사내가 그 소리를 들었다면 이상하게 생각하고 차에서 나올지 모른다고 짐작했다. 하지만 잠시 동안 기다려도 운전석 문은 열리지 않았다.

오줌을 누다가 졸지에 전봇대와 헤딩을 하고 뻗은 사내는 이마가 짓이겨져서 피를 흘리며 늘어져 있는데, 지퍼 밖으로 돌출된 물건에서는 아직 다 누지 못한 오줌이 질질 흘러나오고 있었다.

정필은 운전석의 사내가 백미러로 볼까 봐 자세를 최대한 낮춰서 승용차의 트렁크를 지나 운전석 쪽으로 다가가다가 생각을 바꿨다.

그가 운전석 문을 열고 사내를 족친다면 만에 하나 다른 사람 눈에 띌 수도 있다.

척!

정필은 다시 트렁크 쪽으로 돌아서 이번에는 대범하게 조수석 문을 열고 궁둥이부터 디밀었다.

문을 열자 차 안에서 중국 노랫소리가 흘러나왔다. 그 노랫소리 때문에 오줌 누던 사내가 전봇대에 박치기하는 소리를 듣지 못한 것이다.

차 안에는 담배 연기가 뿌옇게 끼어 코가 매캐했는데 운전석 사내가 중국말로 뭐라고 씨부려 댔지만 정필은 한마디도 알아듣지 못하고 조수석 문을 닫으면서 운전석을 향해 냅다 주먹을 날렸다.

뻑!

"끅!"

정필의 돌덩이 같은 주먹이 막 이쪽을 쳐다보고 있는 사내의 콧잔등에 꽂혔다.

정필은 왼손으로 사내의 머리카락을 움켜잡고 머리를 뒤로 젖히는 것과 동시에 오른손을 칼처럼 세워서 당수로 목울대를 짧고 강하게 가격했다.

칵!

"컥!"

똑똑똑… 똑똑… 똑똑똑…….

호텔 504호의 문을 3번, 2번, 3번 간격을 두고 노크를 하는 손이 있다.

확!

그러자 안에서 누구냐고 묻지도 않고 문이 벌컥 열리면서 은주가 달려 나와 문을 두드린 사람에게 안겼다.

"오라바이 잘못되면 어쩌나 싶어서 걱정하느라 죽을 거 같았습다……!"

은주는 정필 품에 안겨서 가슴에 뺨을 비비며 숨을 할딱거렸다.

정필은 은주가 '오라바이가 오지 않으면 어쩌나'가 아니라 '오라바이가 잘못되면 어쩌나' 걱정했다는 말에 잔잔한 감동을 받았다.

보통 사람들은 무슨 일이 생긴다면 자신부터 걱정을 하는데 은주는 반대로 정필을 걱정해 주었기 때문이다.

"어서 갑시다."

정필이 은주를 품에서 떼어내고 엘리베이터 쪽으로 손을 잡아끄는데 그녀가 그 자리에 버티고 서서 새초롬하게 앙탈을 부렸다.

"말 놓기로 앙이 했슴까?"

은주는 지금처럼 급박한 상황에서도 정필을 미소 짓게 만들었다.

"은주야, 어서 가자."

"네, 오라바이."

은주는 정필의 팔에 매달려서 쫄랑거리며 엘리베이터로 향했다.

호텔 앞에 시동을 켠 채 대기하고 있는 볼보 뒷자리에 은주를 밀어 넣은 정필은 조수석에 타면서 문을 닫기도 전에 급히 말했다.

"갑시다."

부웅—

볼보는 급출발을 하여 어둠 속으로 사라져 갔다.

은주는 수렁에서 건져졌다.

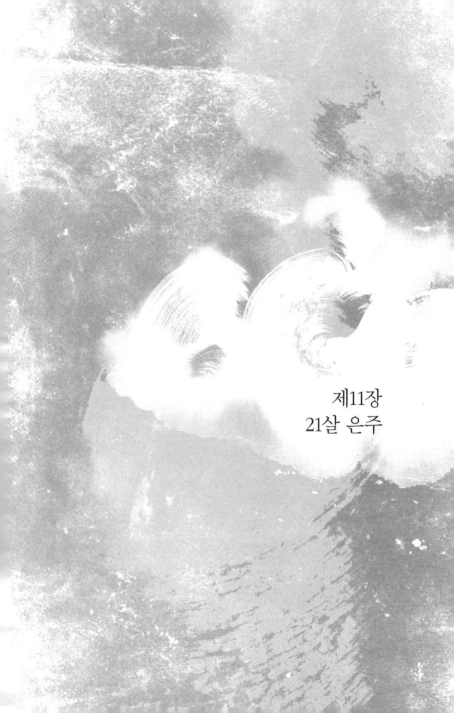

제11장
21살 은주

"어디로 갑니까?"

김길우의 물음에 정필은 잠시 생각하다가 대답했다.

"연길로 갑시다."

은주가 사라지고 그녀를 감시하던 두 사내가 반병신이 된 게 발각되면 낙랑공주에서도 나름대로 여기저기 손을 쓸 것이 분명하다.

정필이 알아본 바에 의하면 심양공항에서 연길 가는 비행기는 오늘 오후 4시나 돼야 있다.

그걸 타려고 심양에서 얼쩡거리는 것은 현명한 방법이 아

닌 것 같다. 그러니까 될 수 있는 한 심양에서 1km라도 멀어지
는 게 상책이다.

"이 차로 말임까?"

"무슨 문제 있습니까?"

"문제라뇨? 그런 거 전혀 없슴다."

김길우는 손을 휘이휘이 저었다. 그는 손바닥으로 핸들을
두드리며 기분 좋게 웃었다.

탁탁탁탁······.

"하하하! 우리가 멋지게 성공하지 않았슴까?"

"김길우 씨가 잘해줬습니다."

정필의 칭찬에 김길우는 차 천장을 뚫고 솟구칠 것처럼 기
고만장했다.

"아하하하! 일당값은 앙이 했슴까? 하하하!"

그때 뒷자리에 잔뜩 웅크리고 앉아 있던 은주가 조심스럽
게 정필을 불렀다.

"오라바이."

정필이 돌아보자 은주는 조수석 시트를 두 손으로 붙잡고
애처로운 표정을 지으며 통사정을 했다.

"오라바이 뒤로 오면 앙이 되겠슴까? 혼자 있으려니까 무서
워 죽겠슴다."

정필은 차를 세우게 하고 뒷자리로 갔다.

"이제 괜찮다."

정필이 뒷자리 오른쪽에 앉자 은주가 뒷자리 중앙의 턱을 넘어서 아예 정필 자리에 궁둥이를 디밀었다.

정필이 등을 다독이자 은주는 그에게 더욱 찰싹 달라붙었다.

"그 사람들이 안 따라오갔디요?"

"이제 못 쫓아오니까 안심해라."

"그렇지만 아매를 찾아야 함다."

"누구?"

"엄마 말임다."

정필은 은주의 등을 쓰다듬었다.

"일단 연길에 갔다가 널 안전한 곳에 데려다놓은 후에 엄마를 알아보도록 하자."

정필은 운전하는 김길우에게 말했다.

"은주 어머니를 찾도록 김길우 씨가 다시 한 번 수고해 줘야겠습니다."

"알갔슴다."

정필은 은주를 위로했다.

"넌 찾아낸 것도 김길우 씨다. 좀 기다리면 엄마도 찾을 수 있을 거야. 알았지?"

"네."

정필은 은주가 자신의 어깨에 머리를 기대고 눈을 감는 것을 보고 김길우에게 물었다.

"연길까지 얼마나 걸리겠습니까?"

"여기서 연길까지 대략 750㎞쯤 되니까 한 12시간쯤 걸릴 겝니다. 그러면 내일 낮 2~3시쯤엔 연길에 들어가지 앙이 하겠슴까?"

"피곤하면 중간에 나하고 운전 교대합시다."

"길케 하갔슴다."

정필 일행이 심양에서 연길까지의 중간 지점인 장춘에 들어섰을 때 아침 9시가 되고 있었다.

은주는 정필의 무릎을 베고 줄곧 잠이 들었으며, 정필은 앉은 채 자다 깨다를 반복했다.

"터터우, 시장하지 않습니까?"

오랫동안 말을 하지 않은 탓에 김길우가 목이 콱 잠긴 목소리로 침묵을 깨고 입을 열었다.

"아… 뭐 좀 먹읍시다."

정필은 등받이에서 뒷머리를 떼며 말했다.

은주는 의자에 앉은 자세에서 오른쪽으로 상체를 뉘여 정필의 무릎을 베고서 잠들어 있다가 두 사람의 말소리에 깨어났다.

그녀는 정필을 보면서 똑바로 눕고는 구두를 벗고 맞은편 창으로 두 발을 쭉 펴면서 기지개를 켰다.

"우응……."

그녀는 두 팔을 위로 뻗어 두 손으로 정필의 얼굴을 잡고는 아래로 끌어당겼다. 그러고는 누운 채 정필과 부드럽게 입맞춤을 했다.

김길우는 그 광경을 룸미러로 보고 깜짝 놀랐으나 곧 빙그레 미소 지을 뿐 내색하지는 않았다.

은주는 승용차 뒷자리에서 불편한 자세로 잤지만 탈북한 이후 처음으로 깊고 달콤한 잠을 잤다.

그리고 눈을 뜨고 자신이 정필의 무릎을 베고 잤다는 것과 그가 온화한 미소를 지으면서 자신을 굽어보고 있는 것을 발견하고는 그와 입맞춤을 함으로써 자신이 그를 사랑하고 있다는 사실을 확인했다.

입을 맞추는 짧은 순간에 은주는 그의 입속으로 혀를 낼름 집어넣어 그의 혀와 한 차례 얽히고서야 잠꾸러기 고양이처럼 귀여운 소리를 내며 일어났다.

"다 왔슴까?"

"이제 반 왔어."

은주는 정필의 허벅지에 손을 얹고 상체를 기울여 창밖을 내다보았다.

"여긴 어딤까?"

"장춘이야."

"아……."

장춘이라는 말에 은주는 낮은 탄성을 토하면서 눈살을 찌푸리더니 손바닥을 펴서 눈 위에 대고 햇빛을 가리고는 묵묵히 차창 밖을 바라보았다.

그러고는 이내 창에서 물러나 정필 어깨에 옆머리를 기대고는 눈을 감았다.

"눈부셔……."

마침 정필 쪽 창으로 아침 햇살이 쏟아져 들어오고 있어서 은주는 정필의 몸 뒤로 얼굴을 가렸다.

정필은 차창 밖을 보다가 무언가를 발견하고 불쑥 말했다.

"김길우 씨, 잠깐 저기 해피니스라는 가게 앞에 세워주세요."

정필의 말에 김길우는 오른쪽 도로변에 죽 늘어선 가게들을 힐끗 보았다.

"영어로 간판 써진 집 말임까?"

정필은 김길우가 영어를 모른다는 사실을 알게 되었다.

"그렇습니다."

그런데 김길우는 정필이 봐둔 'Happiness'를 훨씬 지나쳐서 'Global'이라는 가게 앞에 세워주었다.

사실 정필은 은주가 눈이 부시다고 말할 때 마침 차창 밖으로 선글라스를 파는 가게 '해피니스'를 발견하고는 차를 세우라 한 것인데 영어를 모르는 김길우가 '글로벌' 앞에 멈춘 것이다.

김길우가 보기에는 해피니스나 글로벌이나 둘 다 영어이긴 마찬가지다. 물론 그 옆에 한글과 한문으로 병기되어 있기는 하지만 말이다.

"오라바이, 왜 그럼까?"

"잠깐 기다려."

정필은 차에서 내려 해피니스로 달려가려다가 그냥 글로벌로 들어갔다.

해피니스는 액세서리 가게이면서 선글라스를 파는 곳이고, 글로벌은 선글라스 전문점이었다.

소가 뒷걸음질 치다가 쥐를 잡는다고, 김길우가 제대로 차를 세워준 것이다. 그걸 보면 김길우는 운이 따라주는 사람인 것 같았다.

정필은 5분도 못 돼서 선글라스를 한꺼번에 3개나 사가지고 뛰어서 차로 돌아왔다.

"똑바로 앉아봐."

정필은 꼿꼿한 자세로 앉은 은주에게 손수 선글라스를 씌

위주었다.

"옴마? 이거이 뭐임까?"

"선글라스야."

"우야야… 어찌 이리 눈이 시원함까?"

은주는 신통방통한지 선글라스를 벗은 눈으로 밖을 보다가 다시 쓰고 차창 밖을 보면서 호들갑을 떨었다.

"내래 이런 거이 장군님 쓰신 거 봤습다."

"장군님?"

은주는 손을 휘이휘이 저었다.

"아니, 김정일이 그 종간나 새끼 쓴 거이 봤습다."

정필은 뒷자리 천장에 있는 거울을 내려서 은주에게 보여주었다.

은주는 차 천장에서 거울이 내려오는 것도 신기하지만 커다란 잠자리처럼 검은색의 시원한 선글라스가 더 신기한지 거울에서 눈을 떼지 못했다.

"우야야… 오라바이, 저 영화에 나오는 배우 같지 않슴까?"

"이건 김길우 씨 쓰세요."

정필은 운전하는 김길우가 쓰기 편하도록 선글라스를 펴서 앞쪽으로 내주었다.

"아, 아니… 무시기 제 것까지… 하이고! 이거이 고맙습다!"

정필은 은주 선글라스를 사는 김에 자기 것과 김길우 것까지 샀다.

김길우는 요즘 유행하는 뿔테에 미러 선글라스이고 정필 자신은 레이벤이다.

은주 것만 2천 위안짜리 오클리 정품이고 정필과 김길우 것은 150위안 주고 대충 그럴싸한 것을 샀다.

"와아아! 이거이 쓰니깐 눈이 엄청 시원하고 시야가 확 넓어지는구만요!"

은주 때문에 선글라스를 샀는데 하나 얻어 쓴 김길우가 신나서 난리가 났다.

정필은 그제야 비로소 자기 안경을 써봤다. 낮에는 눈이 부셨는데 선글라스를 쓰니까 눈이 편안하고 시원해졌다.

그런데 룸미러로 정필을 보던 김길우가 화들짝 놀라면서 단말마적으로 소리쳤다.

"아이고! 톰 성님!"

"네?"

"캬아! 터터우께서 그거 쓰시니까 거 영화 탑건의 톰 크루즈 성님 같습다!"

"하하! 그렇습니까?"

사실 정필은 영화 탑건은 보고는 톰 크누즈가 썼던 근사한 레이벤 선글라스를 써보고 싶었었다.

세상에는 오래전부터 '라이방'이라고 알려진 그 레이벤을 진품이 아니더라도 하나 썼더니만 김길우가 대번에 '톰 성님' 같다고 아부다.

아까부터 물끄러미 정필 쪽 차창 밖을 내다보고 있던 은주가 그의 허벅지에 올려놓은 손에 살짝 힘을 주었다.

정필이 쳐다보니까 은주는 그의 어깨에 뺨을 대면서 조용히 중얼거렸다.

"어디 한 군데 들렀다 가면 안 되겠슴까?"

"어디?"

"저하고 엄마랑 일했던 공장임다."

정필은 가볍게 놀랐다.

"그곳이 장춘이었어?"

"네."

정필은 김길우를 쳐다보았다.

"김길우 씨 거기 어딘지 압니까?"

"물론입니다. 은주 씨하고 어마이 찾으러 몇 번이나 갔었더랬슴다."

"갑시다."

김길우가 찾아간 곳은 장춘 북쪽 외곽의 벌거숭이 야산 근처 황무지 여기저기에 듬성듬성 공장들이 늘어서 있는 이른

바 장춘의 공장지대다.

김길우의 말에 의하면 이곳이 장춘시의 공장들이 모여 있는 태평촌(太平村)이라고 한다.

"여깁니다."

볼보는 조진상행(調進商行)이라는 간판이 걸린 공장의 활짝 열려 있는 입구 옆에 멈추었다.

마당에 트럭 몇 대가 서 있고 그 옆 이 층 공장건물에서는 기계 소리가 차 안까지 위이잉! 크게 들렸다. 봉제공장의 수십 대 자동 미싱이 돌아가는 소리다.

은주의 말에 의하면, 이 공장 조선족 작업반장 중에 한 명인 박용만이라는 자가 은주와 은주 엄마를 틈만 나면 중국 공안에게 고발하겠다고 협박을 하는 바람에 결국 그녀들이 견디지 못하고 기숙사에서 야반도주를 했다가 인신매매범에게 붙잡혔다는 것이다.

작업반장 박용만은 강자에겐 간신처럼 굽실거리고 탈북한 여자들에게만 왕처럼 군림하려는 비열한 인물로, 탈북녀들이 자기 말을 듣지 않으면 중국 공안에게 고발하겠다고 협박을 하고 실제 그가 고발해서 잡혀간 탈북녀도 여러 명이나 된다고 했다.

그리고 은주는 이 공장에서 자신들과 같은 기숙사 방을 썼던 류진희라는 동갑내기 고향 단짝 친구에게 혹시 엄마의 연락이 와 있을지도 모른다는 기대를 갖고 있었다.

"차 앞으로 빼놓고 기다려요."

정필은 류진희를 직접 만나서 물어볼 생각으로 차에서 내리는데 은주가 급히 그의 팔을 잡았다.

"오라바이."

뒷자리에 앉아 있는 은주는 두 손으로 정필의 팔을 힘껏 붙잡고 반쯤 열린 문의 창을 통해서 공장 안을 쏘아보며 중얼거렸다.

"저… 저놈이우다."

정필은 은주가 말하는 '저놈'이 은주와 엄마를 협박했다는 박용만이라는 작업반장일 거라고 직감하여 그녀가 쏘아보는 방향을 쳐다보는데 은주가 놀란 목소리로 다시 말했다.

"저기… 저놈이 박용만이라는 새끼고 저 새끼가 데리고 가는 애가 제 친구 진희임다."

정필의 눈에 보인 것은 한 명의 통통한 체구의 30대 중반 사내가 공장에서 나와 마당을 가로질러 걸어가고 있는데, 그 뒤를 마치 죄인인 것처럼 뒤따르고 있는 무릎 아래까지 내려오는 치마를 입은 앳된 여자의 모습이었다.

탁!

정필이 차문을 닫고 성큼성큼 공장 안으로 걸어가고 있는데 뒤에서 차문 여는 소리가 들려서 걸음을 멈추고 돌아보니까 은주가 내리고 있다.

"저도 같이 가겠습다."

잠자리 선글라스를 낀 은주는 비장한 표정으로 정필에게 다가왔다.

"제가 가야지만 진희가 안심할 겁다."

봉제공장 작업반장 한 명쯤 처리하는 것은 위험하지 않을 것 같아서 정필은 은주와 같이 들어가기로 했다.

드르……

선글라스를 벗어 주머니에 넣은 정필은 조금 전에 박용만과 진희가 들어간 창고의 미닫이문을 조심스럽게 조금만 옆으로 열고 안으로 들어가고 은주가 선글라스를 벗어 손에 쥐고는 그의 뒤를 바싹 따랐다.

천장이 매우 높고 넓은 창고 안에는 두루마리 원단과 박스 같은 것들이 빼곡하게 켜켜이 쌓여 있고, 그 사이로 좁은 골목이 형성되어 있으며, 여러 곳의 높은 창에서 빛이 들어와 그리 어둡지는 않았다.

골목길은 외길이라서 정필은 천천히 안으로 진입했고 은주는 그의 옷자락을 붙잡고 뒤따랐다.

정필이 꼬불꼬불한 골목을 30초쯤 들어갔을 때 안쪽에서 무슨 소리가 나는 것 같았다.

부스럭거리는 소리 같기도 하고 누군가 화가 나서 씨근거리는 것 같기도 해서 정필은 만약의 일에 대비하여 마음을 굳게 먹었다.

그런데 정필과 은주가 막 모퉁이를 돌았을 때 갑자기 시야가 트이면서 작은 공터 같은 곳이 나타났다.

그런데 그곳에서는 정필이 전혀 예상하지 못했던 일이 벌어지고 있었다.

놀랍게도 은주의 친구라는 진희와 작업반장 박용만이 섹스를 하고 있었다.

진희가 치마를 걷어 올리고 팬티를 발목까지 내려서 허연 엉덩이와 하체를 드러낸 상태에서 허리를 ㄱ자로 굽혀 두 손으로 앞쪽의 야트막한 박스를 붙잡고 있으며, 그 뒤에서 바지를 벗은 작업반장 박용만이 두 손으로 진희의 엉덩이를 움켜잡고 씨근거리면서 부지런히 하체를 앞뒤로 움직이고 있는 중이다.

하필이면 정필과 은주가 서 있는 위치가 박용만의 뒤와 옆의 중간쯤 되는 사선이라서 두 사람의 은밀한 부위가 결합되어 있는 광경이 적나라하게 보였다.

정필이 급히 은주를 쳐다보니까 그녀는 놀란 나머지 눈을 동그랗게 뜨면서 입을 벌리고 있었다.

그냥 놔두면 뭐라고 외칠 것 같아서 정필이 급히 은주를 안으면서 손으로 입을 막았다.

그때 진희가 우는 듯한 신음 소리를 냈다.

"아아… 이제 그만하라요. 이러다가 임신이라도 하는 날엔 어쩌려고 그럼까……?"

"헉헉헉… 애 배면 넌 끝장이야, 쌍간나년아."

박용만은 진희의 애원에도 아랑곳하지 않고 오히려 그녀의 티셔츠와 브래지어를 한꺼번에 밀어 올리고 두 손을 뻗어 유방을 움켜쥐고 씩씩거리며 욕설을 퍼부었다.

그런데 진희의 그곳에서 피가 나와 허벅지와 다리를 타고 길게 흘러내렸다.

"아아… 아픔다… 매달 월급의 반이나 반장님에게 드리는데도 어째서 툭 하면 내 몸까지 원하는 거임까? 내래 창녀가 아임다… 흑흑……."

진희는 자신의 음부를 강탈당하여 피를 흘리면서 나직이 흐느껴 울었다.

박용만에게 매달 월급의 절반에 몸까지 상납해야만 살아남을 수 있는 그녀는 자신의 처지가 너무도 기구하고 한스러워서 눈물이 그쳐지지 않았다.

철썩! 짜악!

"울음 못 그치겠니? 엉?"

박용만이 손바닥으로 진희의 엉덩이를 때리면서 윽박질렀다. 하지만 그것은 그녀의 울음을 그치게 하기 위해서가 아니라 흥분을 고조시키려는 의도 같았다.

정필은 아직도 눈을 동그랗게 뜬 채 진희와 박용만에게서 시선을 떼지 못하고 있는 은주에게 그 자리에 가만히 있으라는 눈짓을 보내고는 그녀의 입을 막았던 손을 떼고 박용만에게 천천히 다가갔다.

이 순간 정필의 두 눈에 지독한 분노의 불길이 이글거리고 있었다.

지금 그는 그 어느 때보다도 분노했다. 어떻게 된 조선족이라는 놈의 새끼들이 배고파서 탈북한 같은 동포를 불쌍하게 여기기는커녕 하나같이 탈북녀만 보면 강간이나 섹스에 눈이 뒤집히고 벌개져서 환장을 하고 있으니 정필로서는 이가 갈릴 지경이다.

저 새끼도 집에 가면 마누라가 있을 것이고, 어디 가서 몇 푼의 돈만 내면 욕정을 풀 수 있는 곳이 수두룩한데도, 어째서 불쌍해서 눈물이 날 것만 같은 북한 탈북녀들만 보면 발정난 수캐처럼 미쳐 날뛰는 것인지 모르겠다.

'개새끼! 죽여 버리겠다!'

박용만을 공격하기 적당한 거리에 멈춰 선 정필은 어금니를 힘껏 악물었다.

휘익!

정필의 오른발이 번쩍하고 허공을 갈랐다. 그는 너무 분노했기 때문에 아예 한 방에 박용만이라는 작자를 죽이려고 작심을 했다.

쩍!

"큭!"

정필의 오른발 발등이 박용만의 관자놀이를 무지막지하게 찍어버렸다.

뚱뚱한 체구의 박용만은 가벼운 짚단처럼 붕 날아가서 반대편 박스 더미에 부딪쳤다가 바닥에 쓰러졌다.

진희는 뒤에서 무슨 일이 일어났는지 모르는 상태에서 박스에 이마를 대고 엎드린 채 낮게 흐느꼈다.

"흑흑… 이제 고만하기요… 아프다는 말임다… 너무 심하게 해서리 일할 때도 거기서 피가 난다는 말임다……."

그때 은주가 울부짖으면서 진희에게 달려갔다.

"진희야……!"

은주는 화들짝 놀라서 엉거주춤 뒤돌아보는 진희의 치마를 내려주고는 그녀를 와락 안았다.

"진희야!"

"너… 으… 은주 아니니……?"

진희는 자신을 부둥켜안은 사람이 은주라는 사실을 발견하고 소스라치게 놀랐다.

정필은 박스 아래에 널브러져 있는 박용만을 죽일 듯이 쏘아보면서 묵묵히 걸어갔다.

퍽퍽퍽! 콱콱콱!

그러고는 하체를 드러낸 채 쓰러져 있는 그의 사타구니를 마구 걷어차다가 나중에는 발로 짓이겼다.

물건이 터지고 짓이겨지면서 피가 튀고, 기절한 박용만의 몸이 움찔거리지만 정필은 아예 뭉개 버릴 듯이 짓이기는 것을 멈추지 않았다.

그의 발길질은 그동안 박용만에게 짓밟힌 탈북녀들을 대신한 응징이었다.

은주는 그 광경을 보며 너무 끔찍해서 후드득 몸서리를 쳤다. 하지만 자기보다 더 놀라서 비명을 지르려는 진희의 입을 급히 막으면서 그녀를 품에 꼭 안았다.

창고 밖으로 나온 은주는 진희의 손을 잡고 나란히 걸으면서 초조한 얼굴로 물었다.

"진희야, 우리 아매 연락 없었니?"

진희는 생각난 듯 말했다.

"어떤 사람이 니 아매를 봤다면서리 며칠 전에 나한테 전화 왔더랬다."

"그거이 참말이니?"

"기다려라. 그 사람 전화번호가 숙소에 있으니끼니 다부 가지고 오겠다."

은주가 뛰어가려는 진희의 팔을 붙잡았다.

"진희야, 너 나랑 같이 가지 앙이 하겠니? 너 여기에 있어봤자 말짱 소용없다."

걸음을 멈춘 진희는 뒤따라오고 있는 정필을 힐끗 보고는 호기심 어린 얼굴로 은주에게 물었다.

"어딜 가는데?"

은주는 눈을 빛내며 자못 당당하게 말했다.

"내래 남조선에 갈 거다."

"남조선?"

진희는 이곳 봉제공장에서 일하는 지난 몇 달 동안 남조선이 얼마나 부강하고 잘사는 나라인지 잘 알게 되어서 몹시 동경하고 있었으며, 자신에게도 기회가 생기면 언젠가는 남조선에 가리라고 결심하고 있던 터였다.

은주는 가죽점퍼 안주머니에서 레이벤 선글라스를 꺼내서 쓰고 있는 정필을 가리켰다.

"저 오라바이가 보내줄 거야."

진희가 늠름하고 잘생긴 정필을 힐끗거리며 속삭였다.

"저 사람은 뉘기니?"

"으응… 오라바이야."

"니 오라바이가 있었드랬니?"

"그기 앙이고……."

은주는 빠르게 설명했다.

"나 술집에 팔려 간 거이 저 오라바이가 구해주지 않았겠니? 그리고 아바이하고 은철이도 저 오라바이가 구해서리 지금 안전한 곳에 모셔놨다는 거이야."

"옴마… 그거이 정말이니? 참말 잘됐다, 은주야……."

진희는 너무 놀라고 기뻐서 눈을 크게 뜨고 눈물을 흘리면서 정필을 존경스럽게 바라보았다.

진희가 공장 뒤에 있는 숙소에 가서 간단한 짐을 꾸려 밖으로 나오는데 작은 말썽이 생겼다.

공장의 간부쯤 돼 보이는 어떤 사내가 중국말로 뭐라고 하면서 그녀를 가로막은 것이다.

은주가 진희에게 걸어가는 정필에게 말했다.

"오라바이, 저놈에게 '꿘추치'라고 합세."

정필은 진희의 팔을 붙잡고 있는 중년 사내 앞에 우뚝 서서 거두절미하고 위압적으로 중얼거렸다.

"꿘추치."

중년 사내는 자기보다 머리 하나는 더 크고 체구가 우람한 정필을 기가 질린 얼굴로 올려다보다가 진희의 팔을 놓고 슬금슬금 뒤로 물러나더니 냅다 몸을 돌려서 도망쳤다.

"갑시다."

정필이 허름한 가방을 받아 들자 진희는 공장장인 중국인 중년 사내를 한 번 힐끗 쳐다보고는 바닥에 침을 칵! 뱉고 의기양양하게 돌아서서 걸어갔다.

기다리는 동안 잠자리 선글라스를 쓴 은주는 진희의 손을 붙잡고 입구로 나란히 걸어갔다.

진희가 눈이 부신 듯한 얼굴로 은주를 바라보았다.

"은주야, 너 참말 멋지다."

룸살롱 낙랑공주에서 마련해 준 옷을 입은 은주가 잠자리 선글라스까지 쓰고 있으니 딱 봐도 공순이 차림인 진희는 눈이 부신 듯 은주를 바라보았다.

공장을 나온 정필이 앞에서 걸어가는 은주에게 물었다.

"은주야, 그런데 '꿘추치'가 뭐냐?"

은주가 정필을 돌아보며 생긋 웃었다.

"썩 꺼져라고 하는 말이에요, 오라바이."

은주가 중국에 머문 몇 달 동안 '꿘추치'는 가장 많이 들은 말 중에 하나다.

정필은 은주가 아주 적당한 중국어를 가르쳐 줬다는 생각이 들었다.

일행이 한 사람 늘어 이제는 정필과 은주, 진희, 김길우가 볼보를 타고 연길로 향하고 있다.

조진상행을 출발한 지 10분쯤 지났을 때 정필 일행은 차를 잠시 도로가의 공중전화 옆에 세웠다.

"0456… 이건 흑하(黑河) 지역번호 같구만요?"

진희에게서 전화번호를 넘겨받은 김길우는 수첩을 뒤져보고 나서 말했다.

"흑하가 어딤까?"

은주와 진희는 뒷자리에 나란히 앉아서 손을 잡고 있는데, 은주가 조급하게 물었다.

"흑하는 헤이허시라고 하는데 흑룡강성 서북쪽 끝에 있소. 여기에서 1,000㎞는 가야 하오. 길이 험해서리 이틀은 가야 할 거우다."

김길우는 대시보드에서 지도를 꺼내서 펼치더니 흑룡강성 최 동북단의 한 곳을 손가락으로 짚었다.

"여기가 흑하시요. 그 옆에 흐르는 게 흑하인데 보통 아무르강이라고 하오. 이 강 너머가 소련이오. 러시아 말이오. 흑하시는 바로 여기 소련하고 국경에 있소."

정필은 얼굴이 굳어졌고, 은주는 암담한 표정으로 아무 말도 하지 못했다.

정필이 김길우를 재촉했다.

"우선 이리로 전화부터 걸어봅시다."

정필과 김길우가 차에서 내려 공중전화 앞에 섰다.

"제가 걸어보겠습니다."

김길우가 동전을 여러 개 넣고 나서 종이쪽지에 적인 번호를 차례로 누르고는 수화기를 귀에 댔다.

"웨이(여보세요)."

김길우는 처음에는 중국말로 통화를 시작하더니 곧 함북 사투리로 얘기를 하는데 너무 심한 사투리라서 정필은 거의 알아듣지 못했다.

5분쯤 통화를 하다가 끊은 김길우는 정필을 보면서 싱긋 미소를 지어보였다.

"지금 통화한 사람이 자기 이름을 연대호라고 하는데, 8일 전에 어떤 사람들이 자기네 집에서 잠시 쉬어 갔는데 그때 어떤 북조선 아주마이가 전화번호가 적힌 쪽지를 주면서리 조진상행의 류진화를 찾아서 자기 행방을 알려달라고 부탁했다는 거임다."

"그 아주머니 이름이 뭐랍디까?"

김길우가 머리를 모로 꼬았다.

"아, 글쎄 이 양반이 그 아주머니 이름을 까먹었답니다. 그렇지만 조진상행의 류진화를 찾는 거이 보면은 김금화 씨가 맞지 않갔슴까?"

"그렇겠군요."

김길우는 전화기를 가볍게 두드렸다.

"이 양반이 자기한테 오면 그 아주머니가 어디로 갔는지 알려주갔답니다."

정필은 내심 안도의 한숨을 내쉬었다. 일단 김금화의 행적을 알았으니까 그것만으로도 큰 성과다.

정필이 차에 타서 흑하의 연대호라는 사람하고 통화한 내용을 이야기해 주니까 은주는 크게 기뻐했다.

"그럼 연길에 갔다가 엄마를 찾으러 가는 거임까?"

"그렇게 하자."

은주는 조수석에 앉은 정필의 어깨를 두 손으로 주물러 안마를 하면서 신이 나서 떠들었다.

"이자 엄마도 찾게 되믄 우리 가족 다 함께 남조선에 가게 되는 거이니 참말 기쁘다, 오라바이."

제12장
은밀한 상처

　장춘에서 연길로 곧게 뻗은 도로에서 정필이 김길우와 교
대를 해서 운전했다.

　김길우 말로는 여기서부터는 좌우로 빠지지 않고 '연길'이라
는 이정표만 보면서 계속 직진만 하면 된다고 했다.

　정필은 뒷자리에 앉은 은주와 진희의 대화에서 두 사람이
무산에서 태어나 이날까지 한 번도 떨어져 본 적이 없는 싸리
말 친구(죽마고우)라는 것과, 두 사람과 은주 엄마가 같이 탈북
해서 어찌어찌 장춘까지 흘러 들어와서 아까 그 조진상행이
라는 공장에서 일해왔으며 같은 숙소 생활을 했다는 사실을

알게 되었다.

작업반장 박용만은 세 여자가 일하기 시작한 첫날부터 제일 예쁜 은주에게 줄기차게 치근거렸다고 한다.

자기가 가끔 원할 때마다 은주가 몸을 주면 무슨 일이든지 최대한 편리를 봐주겠다는 것이었지만 은주는 일언지하에 딱 잘라서 거절했다는 것이다.

그런데 은주는 오늘 진희를 다시 만나게 되어 새로운 사실을 알게 되었다.

박용만은 은주를 성노리개로 삼는 일에 실패하자 그대로 포기하지 않고 그다음에는 진희를 치근거렸다는 것이다. 가끔 자기를 상대해 주면 진희는 물론이고 은주와 은주 엄마까지도 잘 봐주겠다고 약속을 했다는 것이다.

그래서 진희는 자신은 물론이고 은주와 은주 엄마를 위해서 박용만이 창고로 불러낼 때마다 은주에겐 소변보러 간다고 둘러대고는 창고에 가서 아무도 몰래 박용만의 섹스 파트너를 해주었다고 한다.

그런데 박용만은 그것으로도 모자라서 진희에게 돈을 요구했으며, 결국 진희는 매월 월급을 타면 박용만에게 꼬박꼬박 절반을 떼어서 상납했다는 것이다.

월급이라고 해봐야 공장에서 숙식 제공해 주고 한 달에 쥐꼬리보다도 적은 400위안을 받는데 거기에서 200위안을 뜯긴 것이다. 흡혈귀가 따로 없다.

200위안이면 한화로 24,000원이다. 정필이 김길우를 고용해서 하루 일당과 활동비로 주는 200위안과 같은 액수다.

하여튼 그러다가 진희는 며칠 전에야 비로소 박용만의 협박을 견디다 못해서 은주와 은주 엄마가 공장을 나간 사실을 알게 되어 박용만에게 속았다는 사실에 분하고 원통하여 그녀도 공장을 그만두려고 마음먹었다.

그랬는데 그 사실을 눈치챈 박용만이 진희가 공장을 그만두면 공안에게 신고하겠다고 협박을 해서 이러지도 저러지도 못하는 처지였는데 때마침 오늘 정필과 은주가 찾아왔다는 것이다.

"은주야, 내는 말이다. 내가 글케 하면 박용만이가 너하고 엄마를 내버려 둘 거라고 생각했단 말이야."

은주는 분이 풀리지 않는지 암팡지게 쏘아붙였다.

"고놈은 나쁜 새끼야. 죽어도 싸."

진희는 이야기를 시작한 이후 눈물을 멈추지 못했다.

"은주 너하고 아매까지 붙잡혀 가버리니끼니 나는 공장을 나가도 어디 갈 데도 없고 해서리 너무 무서워서 어카면 좋을지 몰랐단 말이야."

은주는 진희를 안고 다독였다.

"이제 다 잊어버리고 좋은 것만 생각하자, 진희야."

은주는 정필에게 말했다.

"오라바이, 진희는 정말 행복해져야 함다. 애는 하늘 아래 아무도 없는 고아임다. 애네는 원래 부모님하고 형제자매 5남매 일곱 식구였는데 다 굶어 죽고 진희 혼자만 남았다는 말임다. 그래서 우릴 따라서 두만강을 건넌 검다."

은주는 그렇게 말하고 나서 서러워 진희하고 부둥켜안고 어린아이처럼 소리 내어 엉엉 울었다.

"으엉… 허엉… 인민들이 다 굶어 죽어 자빠지는데도 눈 하나 까딱 하지 않는 나라가 그게 나라임까? 나라 없는 백성은 상갓집 개만도 못하다고 하더이만 딱 그렇슴다……!"

정필은 은주의 통곡과 원망이 이상하게 꼭 자기한테 하는 소리처럼 들렸다.

정필 일행이 연길에 도착한 시간은 그날 오후 4시 경이다.

그는 베드로의 집 근처에서 장중환 목사에게 전화를 걸었다.

마침 장중환 목사가 아파트에 있다가 전화를 받았다. 정필이 근처에 와 있는데 찾아봬도 되느냐고 물으니까 언제든지 와도 된다고 반색을 했다.

정필은 진희를 도로에 주차한 볼보에 김길우와 함께 놔두고 은주만 데리고 70m쯤 떨어진 베드로의 집으로 향했다.

베드로의 집은 연길시 서쪽 용호촌(龍湖村)에 있으며 이 동네는 거의 대부분 아파트 단지로 이루어져 있다.

척!

장중환 목사가 직접 현관문을 열더니 정필이 서 있는 걸 보고는 손을 잡고 안으로 이끌었다.

"잘 왔네. 어서 오게, 정필 군."

그러다가 정필 뒤에 서 있는 선글라스를 낀 늘씬한 미녀를 발견한 장중환 목사는 어? 하는 표정을 지었다.

"일행이 있었나?"

"네."

정필은 은주의 손을 잡고 아파트로 들어섰다.

"한국에서 온 손님이신가?"

장중환은 은주의 세련된 모습을 보고 그녀가 정필의 애인이며 한국에서 온 것으로 오해를 했다.

40평쯤 되는 아파트에는 정필이 지난번에 왔을 때보다 더 많은 사람들이 북적거리고 있었다.

그중에 절반은 새로 온 탈북자들이고 나머지 절반은 원래 있던 탈북자들로서 정필을 잘 알고 있기에 웃으면서 그를 반겨주었다.

정필은 그중에 유난히 자신을 반기는 두 사람 조석근과 은철의 손을 잡고 꾸벅 허리를 굽혔다.

"저 왔습니다, 아버님."

"또 보니 정말 반갑소, 최 선생."

모두의 시선은 방금 서울에서 날아온 듯한 세련된 모습의 은주에게 집중되었다.

그러면서도 조석근과 은철은 은주를 조금도 알아보지 못했다. 북한에 있을 때 은주는 비루먹은 망아지처럼 비쩍 마른 모습에 못 먹어서 얼굴에 버짐이 잔뜩 피었으며 허구한 날 다 떨어진 옷을 입어서 영 볼품없었다.

그렇지만 은주는 한눈에 아버지와 은철이를 알아보고는 몸을 떨면서 눈물을 글썽였으나 정필이 별다른 말이 없어서 그의 옆에 다소곳이 서 있기만 했다.

"목사님, 잠깐 저 좀 보시죠."

정필은 장중환과 함께 한쪽 구석으로 가서 귀엣말을 나누고 나서 조석근과 은철, 은주를 데리고 안방으로 들어갔다.

"하아아… 정필이 자네, 굉장한 일을 해냈구먼."

안방 문을 닫자마자 장중환이 정필의 어깨를 두드리면서 칭찬을 아끼지 않았다.

조석근과 은철은 자기들이 왜 안방으로 불려왔는지 영문을 모르고 우두커니 서 있었다.

그런데 더 이상 참지 못한 은주가 선글라스를 벗고 조석근에게 덥석 안기며 울음을 터뜨렸다.

"으흐흑! 아바이!"

"어…….."

은애는 아버지 가슴에서 도리질을 하며 실성한 것처럼 흐느껴 울었다.

"아바이… 저 은주임다… 흐으윽……!"

"은주라고… 우리 은주……."

조석근은 눈을 휘둥그렇게 뜨고 은주를 품에서 떼어내 똑바로 보더니 깜짝 놀라고는 주르르… 굵은 눈물을 흘렸다.

"이거이 어찌 된 일이냐? 네가… 내 딸 은주가 맞구나… 허어… 은주야……."

은철이가 울음을 터뜨리면서 은주에게 다가왔다.

"흐어엉……! 작은 누나야……!"

조석근은 은주를 가슴에 안고 등을 쓰다듬으며 가슴이 무너지듯이 낮게 흐느꼈다.

"아바이가 못나서리 니들을 이렇게 고생을 시키는구나……."

"아바이가 어째 못나셨슴까? 울 아바이처럼 훌륭한 분이 어디 또 있겠슴까? 내는 아바이 조금도 원망 앙이 함다……!"

"작은 누나야……."

조석근과 은주, 은철은 서로 부둥켜안고 그렇게 한참 동안 울었다.

조석근은 정필의 두 손을 잡고 감사의 눈물을 뚝뚝 흘렸다.

"최 선생한테는 감당하기 어려운 큰 은혜를 입었소. 내래 열 번을 다시 태어나서 산다고 해도 최 선생 은혜는 절반도 갚지 못할 거요."

"그런 말씀 마십시오."

"앙이오. 나한테는 최 선생이 정말 태양 같은 분이오……! 북조선의 그 쳐 죽일 김정일 개새끼가 만군조선의 어버이 태양 같은 수령이 아니라 최 선생이야말로 정말 태양 같은 분이란 말이오."

조석근은 이날 이때까지 오로지 당과 수령, 장군님을 위해서 허리띠를 졸라매고 뼈 빠지게 죽을 헛고생을 했다는 사실을 연길에 와서야 알게 되어 김일성과 김정일, 북한 로동당에 대해서 치를 떨었다.

장중환이 진지하게 말했다.

"조석근 씨와 은철 군은 열흘 후로 계획이 잡혔네."

그는 은주를 쳐다보았다.

"은주 양은 어쩔 텐가? 같이 가야지?"

조석근 옆에 앉아 있는 은주는 맞은편에 책상다리를 하고 앉아 있는 정필을 바라보면서 눈빛으로 의향을 묻는데 초조함이 얼굴에 가득했다.

은주에게는 이제 정필이 하늘 같은 존재다. 막말로 그가 죽으라고 하면 화약을 등에 지고 불속이라도 뛰어들 수 있는 은주다.

"어느 쪽으로 갑니까?"

정필이 묻자 장중환은 진지하게 설명했다.

"남쪽일세. 운남성에서 국경지대 밀림을 지나 베트남, 라오스를 거쳐서 태국 방콕에 들어갈 거야."

"음."

정필은 잠시 생각하다가 은주를 쳐다보았다.

"은주야."

"네, 오라바이."

"너, 이번에 아버지, 은철이하고 한국에 가라."

"……."

정필을 바라보는 은주의 눈이 파르르 떨리는 것을 장중환이 보았지만 그냥 무서워서 그러려니 여겼다.

하지만 은주는 사실 그런 것은 하나도 무섭지 않았다. 북한에서 그보다 더한 모진 상황도 견디면서 목숨을 부지했기 때문이다.

다만 그녀는 정필과 헤어지는 것이 두렵고 슬펐다. 그와 이별하면 살아생전에 다시는 만나지 못할 것 같았다.

정필은 은주의 마음을 어느 정도 이해하기 때문에 부드럽게 위로해 주었다.

"대한민국에 가서 당당한 대한민국 국민이 된 다음에 우리 다시 만나자."

은주가 잔뜩 기대하는 얼굴로 어렵게 입을 열었다.

"오라바이 집은 어딤까?"

"서울 반포야."

장중환이 거들었다.

"서울에서도 반포라고 하면 제일 잘사는 사람들이 모여 사는 동네야."

은주는 장중환의 말은 귀에 들어오지 않는다는 듯 정필에게 물었다.

"내래 한국에 가면 오라바이 만날 수 있갔디요?"

"물론이지."

"오라바이네 주소 적어줄 수 있슴까?"

정필은 빙그레 미소 지었다.

"주소하고 전화번호 적어줄 테니까 대한민국에서 조사 끝나는 즉시 나한테 전화해라."

은주는 그제야 조금 안심하는 표정을 지었다.

조석근과 은철은 은주가 정필하고 매우 친한 것 같아서 흐뭇하게 지켜보았다.

정필이 베드로의 집을 나서는데 은주가 따라 나왔다.

"오라바이는 남조선에 언제 갑니까?"

"너희 어머니도 찾아야 하고, 여기에 할 일이 아직 남아서 잘 모르겠다."

계단을 내려오다가 은주가 멈춰서 불안한 표정을 지었다.

"그럼 제가 대한민국에 가서리 조사 다 받고 나올 때까지 오라바이 앙이 오면 저는 어찌함까? 저는 오라바이 보지 못하면 죽을 거 같슴다."

정필은 은주가 조바심을 내는 모습이 너무 귀여워서 머리를 쓰다듬었다.

"목사님 말씀 들으니까 네가 여길 출발해서 한국에 입국하여 조사가 끝날 때까지 아무리 빨라도 반년은 걸린다는데, 나는 여기 일 넉넉잡아 열흘에서 보름이면 끝난다."

"그렇슴까?"

은주가 반색하며 이곳에 오고 나서 처음으로 배시시 미소를 지었다.

"오라바이는 어디에서 잠까?"

"여기에서 차로 10분쯤 가야 된다."

은주는 정필을 따라가고 싶은 마음이 굴뚝같다는 게 얼굴에 여실히 드러났다.

그렇지만 넉 달 만에 만난 아버지와 은철이를 놔두고 정필을 따라갈 수는 없는 노릇이다.

아무리 그렇더라도 은주의 솔직한 심정은 모든 거 다 팽개치고 무조건 정필을 따라나서고 싶다. 이제는 정필하고 떨어져서는 한 시간이 아니라 일 초도 버티지 못하고 숨이 막혀서 죽을 것만 같다.

어쩌다가 이런 상황이 됐는지 모르겠고 설명도 할 수가 없다. 은주는 그저 정필이 목숨처럼 좋다.

"저 말임다, 여기서 아바이하고 은철이랑 하룻밤만 자고 오라바이네 집으로 가면 앙이 되겠슴까?"

정필은 은주의 안달하는 모습이 귀엽고도 재미있어서 슬쩍 장난기가 발동했다.

"은주야."

"네?"

"내가 널 아버지하고 은철이한테 데려다주었으니까 그걸로 우리 관계는 끝난 거 아니냐?"

그때 정필은 은주의 얼굴에서 핏기가 사라지면서 하얗게 질리는 것을 보고 아차! 하는 마음이 들었으나 조금 더 지켜보기로 했다.

"오… 라바이 인차 그 말 진심임까?"

은주의 목소리가 와들와들 떨렸다.

"그래."

정필은 진심이라는 것을 보여주기 위해서 팔짱까지 끼고 태연한 표정을 지었다.

은주는 놀라지 않았다. 다만 사람이 죽기 직전의 표정이 아마 이럴 것이라는 얼굴을 하고는 정필을 말끄러미 주시하다가 홱 몸을 돌려 계단을 올라갔다.

또각또각…….

낙랑공주에서 사준 구두가 계단을 딛는 소리가 이상하게도 정필의 심장을 쿵쿵! 울렸다.

이러다가 큰일 나겠구나라고 생각한 정필은 급히 계단을 뛰어올라 은주의 팔을 잡았다.

그리고 그는 어떻게 사람이 이렇게 많은 눈물을 두 눈에서 한꺼번에 쏟아낼 수 있는지 진기명기를 보는 듯한 모습을 은주의 얼굴에서 발견했다.

돌아선 은주의 얼굴에서는 이미 생명의 기운이 다 빠져나간 것 같았다.

"은주야, 내가 장난을 했다."

정필이 진심 어린 얼굴로 사과를 하자 은주의 눈에서 더 많은 눈물이 쏟아졌다.

"오라바이, 방금 그거이 장난 맞는 검까?"

"그래, 미안하다."

정필이 오래전에 사귀었던 희주와 나연이 그의 곁을 떠나려고 했을 때 만약 그가 지금처럼 '미안하다'고 사과만 했더라면 그녀들은 떠나지 않았을 것이다.

그렇지만 만약 정필이 그 시절로 다시 돌아갈 수 있다고 해도 그녀들에게 사과 같은 건 하지 않을 것이다. 그녀들은 정필에게 그만한 가치가 없었다. 그런 정필이 지금 은주에게 진심으로 사과를 하고 있다.

은주는 두 계단 아래에 서 있는 정필의 팔을 붙잡고 여전히 눈물을 흘리면서 말했다.

"오라바이, 다시는 그런 장난 하지 맙소. 한 번만 더 하면 저는 이내 죽고 말 거우다."

"알았다."

정필은 정말 그런 장난을 한 번 더 하면 은주가 죽을지도 모른다는 생각이 들었다.

"은주 아바이하고 은철이 만났슴까?"

볼보에서 기다리고 있던 진희는 정필이 타자마자 몹시 궁금한 얼굴로 물었다.

정필은 김길우에게 출발하라고 고개를 끄떡이고는 진희에게 대답했다.

"만났습니다."

"아주 반가워하디요?"

"그러더군요."

정필은 진희네 가족 7명 중에서 6명이 굶어서 죽고 진희 혼자 남았다는 얘기를 들었기 때문에 은주가 아버지, 은철이와 얼마나 눈물겨운 상봉을 했는지에 대해서 자세히 설명하지는 않았다.

가족을 모두 잃은 진희가 가족 생각을 하면 슬퍼할 것 같았기 때문이다.

더구나 그런 식으로 미주알고주알 설명하는 것은 정필의 성미에도 맞지 않는다.

"선생님, 은주에겐 말 놓지 않슴까?"

진희의 물음에 정필이 앞을 보면서 고개를 끄떡였다.

"그러면 저한테도 말 놓으시라요."

"알았다. 그럼 너도 날 오빠라고 불러라."

"네, 오라바이."

진희는 조진상행을 떠난 후 처음으로 살짝 미소를 지었다.

정필은 영실의 아파트까지 태워준 김길우에게 잠깐 기다리라 이르고 진희를 데리고 아파트로 들어갔다.

"오라바이."

아파트 입구로 들어서자마자 진희가 정필을 불러 세웠다.

"오라바이는 절 어떻게 생각함까?"

정필은 진희가 무얼 묻는 건지 의도를 알아차렸다. 조진상행 창고에서 그녀가 작업반장 박용만과 섹스를 한 것, 그리고 그에게 줄곧 몸을 바쳤던 것에 대해서 정필의 생각을 묻고 있는 것이다.

"착하고 예쁜 여동생이지."

그것은 정필의 솔직한 생각이다. 진희를 비롯한 탈북녀들에게 닥친 일들은 하나같이 그녀들이 원한 것이 아니라 거센 눈보라나 비바람 같은 것이다. 눈보라에 할퀴고 비바람에 젖었다고 해서 그녀들을 탓할 수는 없다.

허름한 점퍼 차림에 후줄근하게 구겨진 주름치마, 싸구려에다 떨어진 운동화를 신고 꽁지머리를 한 진희는 영락없는 탈북녀의 모습이다.

그렇지만 눈매가 새카맣고 코가 작으면서도 오뚝하며 도톰한 입술을 지닌 매력적인 용모의 아가씨다.

은애나 은주는 한눈에도 많은 사람의 시선을 잡아끄는 대단한 미인이다. 그리고 순임 역시 곱상하고 해사한 미인이지만, 진희는 오래 봐도 질리지 않고 오히려 보면 볼수록 호감이 가는 얼굴이다.

그리고 무엇보다도 진희는 북한 여자치고는 제법 키가 크고 하체가 길며 탄탄한 몸매를 지니고 있었다.

"오라바이는 절 더럽다고 생각하지 않슴까?"

진희는 금방이라도 울 것 같은 얼굴로 정필을 바라보았다. 짓이겨진 그녀는 다시 일어설 용기가 필요했다.

정필은 엄한 표정을 지었다.

"진희 너 다시는 그런 말 하지 마라. 널 더럽다고 하는 사람이 있으면 내가 모가지를 비틀어서 죽여 버리겠다."

그 말 역시 정필의 진심이다. 그는 진희가 더럽다는 생각은 단 1%도 하지 않는다. 오히려 그녀가 은주와 은주 엄마의 안전을 위해서 자신을 서슴없이 희생했던 것에 대해서 숭고하다고 생각하는 쪽이다.

진희는 감격한 듯 눈물을 글썽였다.

"오라바이……."

"그리고 그 일은 너하고 나, 은주만 아는 비밀이다. 어느 누구에게도 말하지 마라."

"네."

"올라가자."

진희의 낡은 가방을 든 정필은 진희를 먼저 앞세워서 계단을 올려 보내고 뒤따라 올라갔다.

문득 정필은 앞서 올라가는 진희의 엉덩이가 코앞에서 좌우로 흔들리는 것을 보았다.

아까 조진상행 창고에서 박용만과 섹스를 할 때 진희는 지금 입고 있는 주름치마를 입었었다.

정필은 주름치마 아래 아무것도 입지 않은 매끈한 두 다리와 흔들리는 엉덩이를 보면서 저 엉덩이에 더러운 짓을 한 박용만이라는 놈을 그때 아예 죽여 버리는 건데 잘못했다는 후회가 밀려들었다.

그런데 주름치마 아래 진희의 오른쪽 종아리에서 피가 흐르고 있는 것이 정필 눈에 보였다. 그러고 보니까 주름치마 엉덩이 부분이 흥건하게 피에 젖어 있었다.

창고에서 섹스를 할 때 박용만이 그녀를 거칠게 다루었기 때문인지 아니면 생리를 하는 것인지 계속 피가 흐르고 있던 것이다.

그때 계단을 올라가던 진희가 무심코 뒤돌아보다가 정필이 자신의 엉덩이를 뚫어지게 주시하는 걸 발견하고 얼굴을 확 붉히며 걸음을 멈추었다.

툭!

그녀가 갑자기 멈추는 바람에 정필의 얼굴이 그녀의 엉덩이에 파묻히듯이 부딪쳤다.

당황한 진희는 급히 옆으로 비켜섰다.

"오… 라바이 먼저 올라가우다."

정필은 이마가 축축했다. 진희 엉덩이의 피가 이마에 묻은 것이다.

"진희야, 잠깐 이리 와라."

그는 진희를 층계참으로 이끌어서 피가 흐르고 있다는 것을 알려주었다.

"아아… 계속 아팠는데 피가 나는 건 몰랐슴다. 이거이 어쩌면 좋슴까……?"

정필은 진희의 가방에서 허름한 옷을 꺼내 그것으로 대충 닦도록 했다.

진희는 정필의 눈치를 보다가 결심한 듯이 팬티를 벗었다. 예상한 대로 팬티는 피가 흠뻑 젖어 있었다.

"진희야, 너… 혹시 생리하니?"

진희는 피 묻은 팬티를 가방에 쑤셔 넣으며 당황했다.

"생리가 뭐임까?"

"월경 말이다."

"아… 아임다. 월경 날짜 훨씬 지났슴다."

그런데 진희가 자신의 엉덩이와 허벅지에 묻은 피를 제대로 닦지 못하고 허둥대는 것을 보고 정필이 나섰다.

"이리 줘봐라."

그는 진희에게서 헌 옷가지를 받아 들고 그녀의 엉덩이와 허벅지 뒤쪽의 피를 재빨리 닦아주었다. 그러면서 그는 착잡한 마음을 떨치지 못했다. 그리고 진희가 너무 불쌍해서 견딜 수가 없었다.

정필은 허리를 굽히고 있는 진희의 엉덩이 계곡 사이는 차

마 닦을 수가 없어서 그녀에게 새 팬티를 입으라 하고 피 묻은 옷을 가방에 넣었다.

정필이 진희와 함께 아파트에 들어가자 향숙과 송화, 순임 등 여자 6명이 우르르 몰려들며 속삭이는 목소리로 반갑게 인사를 쏟아냈다.

그때 순임이 진희를 발견하고는 놀라서 소리쳤다.

"옴마야! 너 진희 아니니?"

"순임 언니!"

향숙이 깜짝 놀라 두 여자에게 주의를 주었다.

"너희들 조용히 앙이 하겠니?"

은애 친구인 순임은 당연히 은애 동생 은주의 싸리말 친구인 진희를 잘 알고 있었다.

두 여자는 서로 얼싸안고 재회의 기쁨을 만끽했다. 두 여자의 재회는 단순한 재회가 아니다.

지옥 같은 북한에서 굶어 죽지 않았으며 또 중국 땅에서도 공안에 붙잡혀서 북송되지 않고 끝내 살아남았다는 안도와 자축의 의미도 담겨 있다.

향숙이 정필의 손을 잡고 주방으로 이끌고는 그의 이마를 젖은 수건으로 닦아주었다.

"이마에 웬 피임까?"

"아… 그냥……."

정필은 사실대로 말할 수가 없어서 대충 얼버무렸다.

진희의 소개가 끝난 후에 진희가 정필을 살짝 불렀다.

"오라바이, 드릴 말씀이 있슴다."

정필은 진희를 자신의 골방으로 데리고 들어갔다.

"저……"

"말해봐라."

진희는 몹시 부끄러워하면서 겨우 말을 꺼냈다.

"저… 임신할지도 모름다. 기니끼니 어케 임신 안 되는 방법 같은 거이 없겠슴까?"

"알아보마."

정필로서도 여자의 생리나 임신 같은 것에 대해서는 문외한 이라서 향숙이나 영실의 도움을 받아야만 한다.

"오라바이, 임신에 대해서 뭘 좀 아심까?"

진희가 못 미더운 얼굴로 물었다.

"그러니까 여자의 생리가… 아니, 월경이 멈추면 임신이 됐 다는 거 아니냐?"

"맞슴다. 그런데 저는 요번 달에 월경 했슴다. 기니끼니 그 이후에 박용만이하고 정을 통했던 거이 임신이 될까 봐 그거이 걱정임다."

"임신이 안 되게 하는 약이 있을까?"

진희는 어두운 표정을 지었다.

"북조선에는 그런 거이 듣지도 못했는데 여긴 좋은 세상이니끼니 혹시 그런 게 잊지 않을까 해서리……."

"이번 달 월경 이후에 몇 번이나 관계를 했니?"

"관계가 뭐임까?"

"정을 통한 거 말이다."

진희는 고개를 푹 숙이고 옷자락을 만지작거렸다.

"그놈이 자꾸만 불러내는 바람에… 3번 했슴다."

"음."

진희는 분한 듯 또 눈물을 흘렸다.

"넉 달 동안 그놈하고 한 거이 모두 40번도 넘슴다. 툭 하면 창고로 불러내서리 뒤돌아서서 치마하고 빤스 내려라. 매번 똑같이 뒤에서 그 짓을 한 거 아임까?"

정필은 진희의 어깨를 다독거렸다.

"알았다. 그만해라."

진희는 정필 가슴에 안겨 흐득흐득 울었다.

"으흑흑… 내래 그런 거이 생각하면 더러운 년이야요. 숨 쉬고 살 자격도 없는 년임다."

정필은 가슴이 답답했지만 무슨 말로 진희를 위로해 줘야 하는지 생각이 나지 않았다.

　정필이 영실네 아파트에 10분쯤 머무르고는 병원으로 영실을 보러 가기 위해서 현관으로 가는데 향숙이 따라왔다.

"영실 씨한테 가시는 검까?"

"네, 누님."

'누님'이라는 호칭에 향숙은 살짝 얼굴을 붉혔다.

"선생님 병원에 가셨다가 인차(곧) 돌아오실 검까?"

"그럴 겁니다."

"그럼 저도 선생님하고 같이 가면 앙이 되겠슴까? 영실 언니 보고 싶슴다."

　36세인 향숙은 자기보다 2살 많은 영실을 언니라고 부르게 된 모양이다.

"누님이 내 이름을 부르면 같이 가겠습니다."

　정필의 뜻밖의 말에 향숙은 어머? 하고 깜짝 놀라는 표정을 짓더니 그를 곱게 흘겼다.

　날이 갈수록 잘 먹고 휴식을 잘 취한 덕분에 미모가 살아나고 있는 향숙의 눈 흘김에는 웬만한 사내가 다 입에 거품을 물고 나가떨어질 것 같았다.

　물론 향숙이 정필 이외의 다른 사내들에게 눈을 흘길 일은 없을 것이고, 정필 또한 그녀의 눈 흘김에 눈 하나 까딱하지 않았다.

"같이 가요, 정필 씨."

"그럽시다."

아파트에서 150m 떨어진 도로변에 멈춰 있는 볼보 조수석
과 운전석에 앉아 있는 정필과 김길우는 전방의 골목을 응시
하고 있다.

아직 날이 밝기 때문에 영실네 아파트에서 멀찌감치 차를
댄 것이고, 향숙이 정필과 둘이 나란히 나오면 남의 이목을
끌 수도 있으니까 향숙에게는 혼자 큰 도로로 나오라 이르고
정필이 먼저 왔다.

"이거 받으세요."

정필이 지갑에서 500위안을 꺼내 내밀자 김길우는 눈을 크
게 뜨며 놀랐다.

"이거이 뭐임까?"

"일테면 보너스입니다. 오늘은 고기라도 사갖고 집에 들어
가서 푹 쉬세요."

"아이고… 이건 못 받겠습니다……!"

김길우가 손사래를 쳤다. 정필이 처음 김길우를 일당제로
쓰기 시작한 것이 8일 전이고, 그때 정필이 열흘치 일당과 경
비까지 2,000위안을 선불로 주었었다.

그런데다가 이제 다시 보너스라고 500위안을 더 주니까 김길우가 펄쩍 뛰는 게 당연하다.

"은주를 구한 건 김길우 씨 공이 큽니다. 그리고 이틀 푹 쉬시고 모레는 은주 엄마 찾으러 흑하에 가보셔야죠."

"아… 이거 염치가 없어서리……."

김길우는 두 손으로 돈을 받고 고개를 꾸벅 숙였다.

"터터우에게 가일층 충성하겠습니다."

정필은 미안해서 어쩔 줄 모르는 김길우를 보면서 사람의 인연이라는 것이 참 묘하다는 생각이 들었다.

정필이 김길우를 처음 만난 것은 연길에 첫발을 내디딘 연길 역전 택시 승강장이었다.

그때 정필은 김길우의 택시를 타고 무산까지 갔었으며, 다시 그 택시를 타고 은애와 은애 아버지, 은철이를 태우고 연길로 돌아왔었다.

평화의원 강명도를 소개해 준 사람이 김길우이며, 그래서 결국 정필은 베드로의 집 장중환 목사 등도 알게 됐으며 지금에 이른 것이다.

그렇게 인연이라는 것은 참으로 신기한 것이다.

정필이 물끄러미 자신을 쳐다보자 김길우는 어색한 표정을 지었다.

"왜… 쳐다보십니까?"

"나하고 김길우 씨가 이런 관계가 될 줄 처음에 어떻게 알았겠습니까?"

"하하하! 그러게나 말임다! 평화의원의 강 선생님께서 터터우를 천사 같은 분이라고 하더만, 터터우는 저한테도 하늘에서 내려준 천사 같은 분임다!"

김길우는 과장된 제스처로 껄껄 웃었다.

그때 전방의 골목에서 대로 쪽으로 한 여자가 걸어 나왔고, 두 사람의 시선이 자연스럽게 그녀에게 쏠렸다.

그녀는 향숙이었다. 일전에 명옥이 북한으로 도강하러 두만강 도문에 정필과 같이 갈 때 입었던 하늘색 짧은 파카와 하체에 딱 붙는 스키니진을 입었으며 약간 굽이 있는 구두를 신었다. 어디 나갈 데도 없는 그녀는 옷과 구두가 그것뿐이다.

그런데 김길우가 향숙을 알아보지 못했다. 하긴 공장지대에서 탈북녀 7명을 구할 때 잠깐 봤던 게 전부인데다 향숙의 모습이 그때하고는 몰라보게 달라졌기 때문이다.

더구나 김길우는 늘씬한 향숙이 한들한들 엉덩이를 흔들면서 걸어오는 모습에서 눈을 떼지 못했다.

그런데 정필이 조수석 창문을 열고 손짓을 하자 향숙이 부끄러운 듯 살짝 고개를 숙이면서 볼보 뒷문을 열고 타자 김길우는 깜짝 놀랐다.

"터터우, 이… 이분 누굼까?"

"향숙 누님입니다. 출발합시다."

"아… 네."

김길우는 룸미러로 향숙을 보느라 정신을 차리지 못하면서 볼보를 출발시켰다.

정필은 진희가 뒷자리에 흘린 피를 대충 닦았는데 향숙이 괜찮을지 몰라서 돌아보니까 그녀는 자길 돌아보는지 알고 수줍게 미소를 지었다.

병원으로 가는 길에 김길우가 병원에는 무슨 일로 가느냐고 물어서 정필은 영실이 흑사파에 봉변을 당했다는 얘기를 대충 해주었다.

"기니끼니 터터우께선 앞으로는 건달들하고 시비 붙지 마시라요. 그 아새끼들하고 얽혀서 좋을 거 한 개도 없슴다. 죄다 인간 말종임다."

"알겠습니다."

정필은 영실이 당한 것에 대해서 복수하는 것은 참기로 했기 때문에 그것에 대해서는 더 이상 얘기하지 않았다.

일인용 특실 침대에 누워 있던 영실은 정필에다 향숙, 김길우까지 보게 되자 반가워서 어쩔 줄 몰랐다.

마침 간병인 아줌마는 점심 겸 이른 저녁 식사를 하러 나갔다고 해서 정필과 향숙, 김길우는 침대 옆에 앉아서 이런저런 얘기를 나누었다.

"정필 씨, 나 좀……."

한참 대화를 나누다가 영실이 일어나려는 시늉을 하면서 정필을 불렀다.

정필은 무엇 때문에 그러는지 알아차리고 그녀를 가뿐하게 번쩍 안고서 병실 한쪽 구석에 있는 화장실로 들어갔다.

화장실 문을 닫고 한 팔로 영실을 잡은 상태에서 그녀를 바닥에 내려준 다음에 바지와 팬티를 벗겼다.

"보지 마."

일어서 있는 그녀 앞에 한쪽 무릎을 꿇고 바지와 팬티를 벗기니까 그녀의 은밀한 곳의 수북한 밀림이 바로 정필의 코앞에 있었다.

간병인 아줌마가 오기 전에 정필이 몇 번인가 영실의 대소변을 보게 해주면서 익히 봤던 것인데도 그녀는 괜히 앙탈을 부렸다.

"보이는 걸 어떻게 안 봅니까?"

영실의 말에 정필은 태연하게 대꾸하면서 그녀를 변기에 앉혀주었다.

"눈 감으면 되잖아."

"그럼 향숙 누님을 시키지 왜 날 시킵니까?"

정필이 빙글빙글 웃으면서 말하는 게 얄미운지 영실이 눈을 흘겼다.

"향숙이는 날 안지 못하잖아."

그렇게 말하면서도 변기에 앉아서 몸을 제대로 가누지 못하는 영실은 정필의 손을 꼭 붙잡고 오래 참았던 소변을 보았다.

소변을 오래 참았던 만큼 거센 오줌발 소리가 조용한 화장실 안에 제법 크게 울렸다.

그러다가 두 사람 시선이 마주치자 영실은 바보처럼 웃으면서 얼굴을 발갛게 붉히더니 정필이 뭐라 그러지도 않았는데 입술을 삐죽거렸다.

"나는 뭐 정필 씨 그것까지 봤는걸?"

정필이 술에 만취해서 순임과 불상사가 있던 날 밤에 영실은 우연찮게 그의 성난 남성을 목격했었다.

"내가 뭐라 그랬습니까?"

"말이 글타 그거이다."

그는 다시 영실을 세워서 팬티와 바지를 올려주고는 번쩍 안고 밖으로 나왔다.

정필이 영실을 침대에 눕히는데 향숙은 아스라한 표정으로 그 모습을 지켜보았다. 정필은 영실과 향숙을 누님이라고 부르지만 실상 그는 두 여자에게 남편이나 아버지 그 이상의 존재였다.

김길우는 정필과 향숙을 영실네 아파트 근처의 약국 앞에
내려주고 돌아갔다.

정필은 약국에 들어가서 진희에게 필요한 약을 사야 하는
데 아직 그 얘길 향숙에게 하지 못했다.

정필은 약국 조금 못 미쳐서 향숙에게 말을 꺼냈다.

"진희 약 좀 사야겠습니다."

"오늘 온 아이말임까?"

"네. 사실은 진희가⋯⋯."

진희에겐 그녀의 수치스러운 일에 대해서 자기들만 알고 있
자고 약속했는데 말한 지 2시간 만에 약속을 깨야만 하는 상
황이 됐다.

정필이 혼자서 진희의 약을 사는 것이 불가능하기에 어쩔
수가 없는 일이다.

"그랬구만요."

향숙은 고개를 끄떡이고는 둘이 약국으로 향했다.

"저도 그거에 대해서는 모르지만 물어보디요."

약국으로 들어가자마자 정필은 자기들을 미소로 반기는 여
자 약사에게 물었다.

"한국말 할 줄 압니까?"

30대 중반의 여자 약사는 미소 지으며 고개를 끄떡였다.

"말하시라요."

향숙이 정필 옆으로 나서면서 말했다.

"임신 안 되게 하는 약 있슴까?"

향숙으로선 난생처음 해보는 말이지만 정필을 돕는다는 생각에 부끄러움을 누르고 용기를 냈다.

"언제 했슴까?"

"네?"

향숙은 여자 약사의 말을 알아듣지 못했다.

"두 분이 관계를 한 게 언젬까?"

향숙이 여전히 아리송한 표정을 지었다.

"관계가 뭐임까?"

"두 분이 잠자리를 한 게 언제냐는 겁니다."

"아……."

향숙은 얼굴을 붉히며 정필을 바라보았다.

"어… 어제일 겁니다. 그렇죠?"

정필이 어색하게 고개를 끄떡이자 안경을 낀 여자 약사는 묘한 눈으로 정필을 쳐다보았다.

"어제 한 번뿐인가요?"

약사의 물음에 정필은 고문을 당하는 기분이다.

"험! 아니… 그러니까 5일 전부터 어제까지 매일 한 번씩 3번 했습니다. 어험!"

분위기가 정필과 향숙이 섹스를 한 것처럼 돼버리는 바람에 정필은 어색해서 자꾸 헛기침만 하고 향숙은 귀까지 빨개져서 고개를 푹 숙였다.

"이걸 한번 써보우다. 원래 관계, 아니, 잠자리를 하고 나서 48시간 안에 복용을 해야 효과가 있지만 하루 이틀 정도는 상관이 없을 거임다."

"주십시오."

정필은 약을 받았지만 아직 한 가지가 더 남아서 그냥 나갈 수가 없다.

"거 말입니다… 거기서 피가 납니다만……."

정필의 느닷없는 말에 향숙은 깜짝 놀란 표정을 지었다. 정필은 진희의 임신 얘기만 했지 피가 난다는 말은 하지 않았었다.

그것도 그렇지만 정필이 말하고 있는 '거기'가 어딘지 향숙으로서는 도통 모르겠다.

그러나 정필의 말을 즉시 알아들은 여자 약사가 반사적으로 향숙의 하체를 쳐다보자 향숙도 내려다보다가 '거기'가 어딘지 비로소 깨닫고 화들짝 놀랐다.

"어떻게 피가 난다는 검까?"

"그게……."

여자 약사는 향숙에게 물었다.

"본인이 직접 말해보시라요. 정확하게 어느 부위에서 어떻게 피가 난다는 겁니까?"

"아… 저……."

향숙은 머릿속이 하얗게 돼버려서 대답을 하지 못했다.

"남자분과 심하게 성교를 해서리 질에 상처가 난 검까? 아니면 자궁에서 하혈을 하는 거임까?"

"모… 르겠슴다."

향숙은 생전 처음 겪어보는 고문 아닌 고문에 쥐구멍이라도 들어가고 싶은 심정이다.

여자 약사가 눈을 가늘게 뜨고 심문하듯 물었다.

"두 분 관계할 때 기구를 사용하심까?"

섹스를 하는데 '기구'를 사용한다는 사실은 정필이나 향숙둘 다 금시초문이다.

"기구가 뭐임까?"

"그거이 여자를 흥분시키기 위해서 질에 삽입하는 남자의 성기처럼 생긴… 아니, 됐습니다."

여자 약사는 기구도 모르는 사람들이 그걸 사용했을 리가 없다고 생각했다.

"그럼… 여자분의 질이 작거나 아니면 남자분의 성기가 매우 크기 때문일 수도 있슴다. 어떤 상황임까?"

향숙은 반사적으로 정필의 하체 그곳을 쳐다보았다. 그러고는 지난번 명옥을 두만강에 도강시킬 때 정필이 옷을 모두 벗었던 모습을 떠올렸다. 그때 향숙이 봤던 정필의 성기는 발기를 하지 않았는데도 매우 컸었다.

향숙은 여자 약사가 자신을 빤히 주시하자 대답을 해야 한다고 생각했다.

"내거이… 작기도 하지만 저분 거이 크기도 함다. 글티만 그걸로는 문제가 없슴다."

"그렇군요."

여자 약사는 원인을 알아내려고 또 다른 질문을 했다.

"혹시 두 분 아날 하셨슴까?"

"아… 아날이 뭡까?"

"항문성교말임다."

여자 약사는 손가락으로 정필을 가리켰다가 그 손가락으로 향숙의 그곳을 가리켰다.

"남자의 성기를 여자의 항문에 삽입하는 거이 항문성교 또는 아날성교라고 함다. 그런 거이 하면 항문이 찢어져서리 피가 남다. 두 분 그거이 안 했슴까?"

'세상에… 어케 여자 똥구멍에다가 그거를 꽂는다는 말인가? 그거이 미친 짓 아이야?'

향숙은 죽을힘을 다해서 인내심을 발휘하면서 세차게 고개를 가로저었다.

"거기로는 절대로 아… 안 했슴다."

그녀의 말은 어찌 들으면 항문으로는 하지 않았지만 제대로는 했다는 말로도 들릴 소지가 있다.

어쨌든 정필과 향숙은 임신을 하지 않게 해주는 약과 성교를 심하게 해서 음부가 찢어진 곳에 바르는 약과 솜, 가재 따위를 사서 약국을 나왔다.

밖에는 찬바람이 씽씽 부는데도 두 사람의 온몸은 땀으로 흠뻑 젖어 있었다.

두 사람은 나란히 대로를 걸어 골목길로 들어설 때까지 아무 말도 하지 않았다.

향숙이 살짝 정필을 쳐다보니까 그가 빙그레 미소를 짓고 있어서 그녀는 발끈했다.

"왜 웃는 겁까?"

"그 약사 말이 웃겨서요."

"뭐이가 웃기다는 겁까? 저는 부끄러워서리 얼굴을 들지 못하겠던데……."

"하하하!"

향숙이 걸음을 뚝 멈추고 정필을 하얗게 흘겼다.

"자꾸 웃을 겁까? 도대체 왜 웃는기야요?"

"그 약사가 항문성교라고 말하면서 저하고 향숙 누님을 쳐다보기에… 하하하!"

"정말……."

향숙은 깜짝 놀라서 자기도 모르게 두 손으로 엉덩이를 가렸다.

정필은 스스럼없이 향숙의 허리에 팔을 두르고 다시 걷기 시작했다.

"걱정 마십시오. 나는 무슨 일이 있어도 향숙 누님 항문에는 하지 않겠습니다."

"무, 무시기 소리를! 이제 그만하시라요……! 자꾸 상상이 돼서리 죽갔습다……!"

정필은 그냥 우스갯소리로 하는 말이지만 향숙은 부끄러워서 죽을 것만 같았다.

"이런 말씀 드려도 될까 모르겠습다."

아파트가 저만치 보일 때 향숙이 조심스럽게 말문을 열었다.

"말해보세요."

"집안의 여자들이 송화만 빼고 모두 정필 씨에게 크게 반해 있습다."

"네?"

"여자들이 다들 하루 종일 정필 씨 얘기만 하고 정필 씨가 돌아올 때를 기다리면서리 예쁘게 보이려고 치장하느라 정신이 없습다."

"저런……."

정필이 탈북녀들에게 인기가 있다는 뜻인데 그로서는 그게 좋은 현상인지 아닌지 알 수가 없다.

"향숙 누님은 그게 나쁘다고 보십니까?"

"잘 모르갔습다."

"한국에 가면 나보다 멋진 남자들 수두룩하니까 그때 가서 눈이 번쩍 떠지겠지요."

향숙이 믿을 수 없다는 표정을 지었다.

"세상천지에 정필 씨보다 멋진 남자가 어디 있갔습까?"

정필은 빙그레 웃었다.

"세상은 아주 넓습니다."

"그딴 거 다 소용 없습다."

"네?"

"남조선에서 태어나서리 정필 씨 같은 훌륭한 남자를 만나서 사랑하고 또 결혼해서 살면 그거이 여자로서 최고의 행복일 겁다."

향숙은 자기도 모르게 속내를 고백하고 말았다.

"허어……."

향숙이 워낙 진지하게 말해서 정필은 머쓱해졌다. 그는 어색함을 지우기 위해서 빙긋 웃으며 제안했다.

"향숙 누님, 오늘 밤 한잔 어떻습니까?"

향숙이 배시시 미소 지었다.

"내래 정필 씨하고라면 언제든 좋습다."

"그런데 아까 송화 빼고 다들 내 얘기만 하고 나한테 예쁘게 보이려고 치장한다고 그러셨잖아요?"

"그랬지요."

"향숙 누님도 그랬습니까?"

"네?"

"하하하! 농담입니다!"

정필이 유쾌하게 웃으면서 걸어가는 바람에 그 자리에 멈춰서 고개를 숙인 향숙의 얼굴이 새빨갛게 물든 것을 발견하지 못했다.

사실 향숙은 정필에게 예쁘게 보이려는 노력이 다른 4명의 여자보다 더하면 더했지 못하지 않았다.

그날 밤 다들 안방에 둘러앉아서 늦은 저녁 식사를 겸해 술을 마셨다.

송화 한 사람만 빼놓고 모두 성인이라 적당히 자기 주량껏 마셨지만 마지막엔 정필과 송화만 빼고 모두들 술이 취해서 서로 얼싸안고 엉엉 울면서 북한 노래를 불러댔다.

제13장
북한 보위부원

따르르릉―

영실네 아파트 골방에서 잠이 든 정필은 새벽에 안방에서 울리는 전화벨 소리를 듣지 못했다.

영실이 집에 없을 때에는 아무 전화나 받지 않기로 되어 있지만, 지금은 다들 술에 취해서 자고 있기 때문에 전화를 받지 못하는 것 같았다.

"……."

정필은 조그맣게 울리는 전화벨 소리에 설핏 잠에서 깼다. 그렇지만 일어나지도 눈을 뜨지도 않은 채 전화벨 소리를 그냥 듣고만 있었다.

그러다가 어느 순간 정필은 후다닥 일어나서 구르듯이 안방으로 달려갔다.

전화벨이 3번 울리고 끊어졌다가 다시 2번 울리고 끊었다가 또다시 3번 울렸다.

그건 베드로의 집 현관이나 영실네 아파트 현관을 두드리는 신호이고, 영실네 집에 급한 용무가 있을 때 전화를 하는 신호라는 걸 잠결에 퍼뜩 깨달은 것이다.

정필은 한달음에 달려가서 안방 문을 열고 들어가자마자 불을 켜고 전화를 받았다.

척!

"여보세요!"

—정필 군!

전화를 받자마자 강명도의 단말마적인 외침이 터져 나와서 정필은 본능적으로 뭔가 터졌다는 직감이 들었다.

"강 선생님! 무슨 일입니까?"

—오늘 새벽에 공안이 베드로의 집을 덮쳤어! 모조리 잡혀갔어! 14명 깡그리 연길 공안국에 잡혀갔네!

"……."

정필은 쇠망치로 뒤통수를 호되게 얻어맞은 것 같은 충격에 잠시 아무 말도 못하고 멍하니 앉아 있었다.

─정필 군! 듣고 있나?

"네… 강 선생님."

─아아… 어떻게 하면 좋을지 모르겠네……

정필은 눈앞이 캄캄해졌다. 조금 전까지만 해도 충격 때문에 정신이 멍했었는데 정신을 수습하면서 은주와 조석근 씨, 은철이가 체포됐다는 사실이 점점 현실로 다가오면서 숨통이 조여드는 것 같은 고통이 엄습했다.

"목사님은 어떻게 되셨습니까?"

향숙이 부스스 일어나 놀란 얼굴로 정필을 바라보다가 뭔가 심상치 않음을 느꼈는지 조심스럽게 다가왔다.

강명도의 목소리가 더욱 심각해졌다.

─원래 목사님께선 베드로의 집에서 생활하지 않으시고 따로 시내의 선교원에 계셨는데 어젯밤은 베드로의 집에 계셨다가 함께 체포되셨네. 정말 운이 나빴어.

"음……"

정필의 입에서 저절로 무거운 신음이 흘러나왔다. 탈북녀들이 공안에 체포돼서 끌려갔다면 손을 쓸 사람은 장중환 목사 한 사람뿐인데 그마저 체포됐다면 이건 최악 중에서도 최악의 상황이다.

정필은 팬티와 짧은 반팔 티셔츠 차림으로 앉아 있고, 향숙은 영실이 사준 속이 비치는 긴 원피스 잠옷을 입고 정필 옆에 무릎을 꿇고 앉아 긴장된 얼굴로 그를 바라보았다.

"일단 제가 공안국에 가보겠습니다."

정필이 공안국에 가서 무엇을 할 수 있을지 모르겠지만 이렇게 앉아서 속만 태우고 있을 수는 없다.

정필이 전화를 끊고 벽시계를 보니까 새벽 6시 25분이다.

그가 불을 끄고 거실로 나오는데 향숙이 초조한 표정으로 따라 나왔다.

"무슨 일임까?"

"조금 전에 베드로의 집에 공안이 들이닥쳐서 모두 잡혀갔다는 겁니다."

"옴마야……."

향숙의 얼굴이 새하얘지면서 쓰러질 듯이 휘청거렸다.

정필은 재빨리 팔을 뻗어서 향숙의 허리를 안으며 부축했다.

그렇지만 향숙은 충격이 너무 컸는지 똑바로 서 있지 못하고 쓰러질 것 같아서 정필은 그녀를 바닥에 앉히고 골방에 들어가서 급히 옷을 입었다.

향숙은 베드로의 집에 있는 탈북자들이나 자신들이나 똑같은 공동 운명체라고 생각했다.

그들은 공안에 잡혀갔고 자신들은 아직 안전하지만, 그들의 입장이 되어 하늘이 무너지는 것 같은 충격을 받았다. 그리고 어쩌면 자신들도 머지않아서 똑같은 운명에 처할지도 모른다는 공포가 엄습했다.

옷을 입는 동안 정필은 이 사실을 김길우에게 알려야겠다고 생각했다.

정필은 중국 공안에 대해서 아무것도 모르기 때문에 그래도 연변 정세에 밝은 김길우가 조금이라도 도움이 돼줄 것이다.

10번쯤 신호음이 울리는데도 김길우가 전화를 받지 않아서 끊으려는데 김길우가 졸린 목소리로 전화를 받았다.

─웨이…….

"김길우 씨, 나 정필입니다. 급히 좀 와주셔야겠습니다."

─터터우! 무슨 일임까?

"베드로의 집이 습격당했습니다. 목사님과 사람들이 모두 공안국에 잡혀갔습니다."

김길우가 잠이 확 깬 목소리로 외쳤다.

─지금 당장 가겠습니다! 터터우께선 큰길로 나와서 잠깐만 기다리기요!

정필이 안방에서 나오자 바닥에 앉아 있던 향숙이 벽을 짚고 일어섰다.

"선생님, 어카면 좋습까?"

정필은 향숙이 '선생님'이라고 부르는 것도 귀에 들어오지 않았다. 설혹 들어온들 지금은 그런 걸 갖고 왈가왈부할 때가 아니다.

"일단 공안국에 가봐야겠습니다."

"구할 수 있겠습까?"

그것은 정필이 스스로에게 하고 싶은 질문이다. 하지만 막 떠오른 생각으로도 그가 할 수 있는 없을 것이다.

"이 일은 내 능력 밖의 일입니다."

향숙이 눈물을 글썽이며 정필의 팔을 붙잡았다.

"그러면 그 사람들 다 북송되는 거임까?"

"……."

정필이 말이 없자 향숙은 그 자리에 털썩 주저앉아서 두 손으로 얼굴을 가리고 나직하게 흐느껴 울었다.

정필은 향숙을 그대로 내버려 둔 채 아파트를 나왔다.

정필이 대로에 나왔을 때 지나던 연길택시 '추주처'가 연이어서 2대 그의 앞에 와서 멈췄으나 그냥 보냈다.

지금 시간은 6시 45분, 아직 동이 트기 전이고 상점들도 문을 열지 않아서 거리는 캄캄했다.

정필이 대로에 나와서 5분쯤 기다렸을 때 저만치 도로 반대편에서 낯익은 볼보가 무서운 속도로 달려오더니 급브레이크를 밟으면서 유턴을 하고는 정필 앞에 멈추었다.

"공안국으로 갑시다."

볼보에 타자마자 정필이 굳은 얼굴로 말하자 부스스한 모습이지만 긴장한 표정의 김길우는 출발하면서 귀신에게 홀린 얼굴로 물었다.

"어, 어케 된 검까?"

정필도 강명도에게 들은 게 별로 없지만 그대로 김길우에게 전해주었다.

"공안국에 아는 사람 없습니까?"

"공안국이오?"

공안국이라는 말만 들어도 김길우는 몸서리를 쳤다.

"우리 같은 사람들에게 공안국은 염라전(閻羅殿)임다. 아는 사람이 어케 있겠슴까?"

정필은 암담해졌다. 김길우에게 큰 기대를 했던 것은 아니지만 중국, 아니, 연길 공안국에 대해서는 아무것도 모르기 때문에 뭔가 돌파구라도 열어줄 것이라고 생각했었다.

"뇌물은 어떻겠습니까?"

공포에 질려 있을 은주의 모습이 자꾸만 눈에 밟히는 정필이 가라앉은 목소리로 말을 꺼냈다.

사실 그는 원칙주의자다. 지금껏 25년을 살아오는 동안 뇌물은커녕 그 어떤 불법이나 야합 같은 것 없이 순전히 에프엠 대로만 살아온 그였다.

그런 그가 얼마나 답답했으면 뇌물이라도 먹여서 어떻게 해보겠다는 생각을 했겠는가.

김길우는 난색을 표했다.

"원래 중국 공안은 뇌물이면 안 되는 게 없지만 탈북자는 곤란함다. 저는 이제껏 뇌물로 풀려난 탈북자가 있다는 소린 들어본 적이 없슴다. 아니, 뇌물이든 뭐든 한 번 체포된 탈북자가 석방됐다는 말 자체를 들어본 적이 없슴다."

김길우는 정필의 눈치를 살피면서 말을 이었다.

"그리고 아는 사람이 없으니끼니 고조 누구한테 뇌물을 먹여야 하는지도 모르갔슴다."

그의 함북 사투리가 더 심해졌다.

연길 공안국은 부르하통강 상류 쪽 천지로(天地路) 강변에 강을 등지고 위치해 있었다.

공안국 주차장에 볼보를 세우고 차에서 내려 어수선한 마음으로 주위를 둘러보던 정필은 문득 주차장 끄트머리에 주차해 있는 검은색 승용차에 시선이 멈추었다.

아직 날이 밝지 않았지만 공안국 마당을 밝히는 가로등의 흐릿한 불빛에 드러난 승용차가 매우 눈에 익었다.

연길 공안국 주차장에 주차해 있는 승용차가 눈에 익다니 말도 안 되는 일이라고 생각하던 정필의 뇌리를 스치는 한 가지 기억이 있다.

'아우디!'

배짱이 두둑한 정필이지만 움찔 놀라 얼굴빛이 변했다.

그가 보고 있는 승용차는 박종태의 독일제 아우디 A4 1.8T 1996년 신형이 분명했다. 정필의 기억력이 좋기도 하지만 저 승용차의 모양이 독특하기 때문에 한 번 보면 쉽게 잊히지 않는다.

"뭐임까?"

김길우가 가까이 다가오며 정필이 쳐다보고 있는 아우디를 보면서 묻자 정필은 즉시 공안국 건물 쪽으로 몸을 돌려 말없이 걸어갔다.

정필은 박종태와 권승갑을 죽인 이후에 그 둘에 대해서는 까맣게 잊고 있었다.

살인을 한 것을 어떻게 쉽사리 잊을 수 있겠는가마는, 정필에겐 생각하지 않으려고 작정하면 드문드문 생각이 나다가 어느 순간부터는 아예 전혀 생각이 나지 않게 하는 남다른 능력이 있었다.

그래서 그는 박종태와 권승갑, 그리고 부르하통강 무료 주차장에 버려두고 차 키를 뽑아 왔던 아우디에 대해서는 그 후한 번도 생각한 적이 없었다.

그런데 바로 그 아우디를 여기에서 보게 될 줄은 전혀 예상하지 못했었다.

하지만 정필은 아우디가 어떻게 해서 여기에 오게 되었는지, 그리고 연길 공안국이 그것에 대해서 수사를 하고 있는지 어떤지에 대해서는 그다지 궁금하지 않았다.

예전에 아우디를 부르하통강 무료 주차장에 버리고 돌아섰을 때 잊어버렸던 것처럼, 지금도 공안국 건물을 향해 걸어가는 동안 아우디에 대해서는 벌써 잊어버렸기 때문이다.

지금은 그게 중요한 게 아니다.

공안국 내에서 정필과 김길우에게 허락된 공간은 5평 남짓 크기의 휴게실뿐이었다.

두 사람은 그곳에 설치된 녹슬고 낡은 자판기에서 맛도 없는 퀴퀴한 중국식 카페이(커피)를 3잔씩이나 마셨다.

정필은 우선 장중환 목사를 면회해야겠다고 생각했다. 그래서 그에게 어떻게 손을 쓰면 되는지 조언을 구하는 게 순서인 것 같았다.

그런데 공안국 내의 사람들은 어느 누구도 정필과 김길우를 상대해 주지 않았다.

김길우가 공안이 휴게실 밖을 지나갈 때마다 쫓아가서 비굴할 정도로 굽실거리면서 말을 붙이면 들어주는 것 같다가도 탈북자들 때문에 왔다고 하면 그 즉시 찬바람이 일도록 돌아서서 가버렸다.

그렇게 동이 환하게 트고 9시가 됐을 때까지도 정필과 김길우는 아무것도 하지 못한 채 휴게실 안을 서성거리며 애만 태우고 있었다.

시간이 흐를수록 정필은 자기가 할 수 있는 일이 아무것도 없다는 사실만 더욱 실감하고 있을 뿐이다.

장중환과 탈북자들이 체포됐다는 전화를 받은 지 거의 3시간이 다 되어가는데 그동안 수수방관만 하고 있었던 것 같아서 마음이 착잡하기 이를 데 없다.

그런데 그때 공안 한 명이 휴게실에 들어오더니 두 사람에게 신분증을 제시하라고 위압적으로 명령했다.

정필 생각에는 자신들이 탈북자 때문에 왔다고 하니까 어떤 사람인지 신분을 확인하려는 것 같았다.

김길우는 공민증을 꺼내고 정필은 여권을 꺼내서 펼쳤다.

툭……

그때 정필의 여권에서 뭔가 작은 종이 하나가 바닥에 떨어졌는데 아무도 보지 못했다.

공안은 김길우의 공민증을 보더니 돌려주고는 정필의 여권은 갖고 밖으로 나가 버렸다.

뭔가 확인하려나 보다 생각한 정필은 몸을 돌려 창밖을 내다보면서 이럴 때 강명도라도 와주면 뭔가 실마리라도 찾지 않을까 하는 생각이 들었다.

그때 김길우가 조금 전에 정필이 여권을 펼칠 때 바닥에 흘렀던 것을 주워서 무심코 들여다보았다.

"터… 터터우, 이… 이건 어디에서 났습까?"

그것은 한 장의 명함이었으며, 김길우는 그걸 보고는 얼마나 놀랐는지 말까지 더듬었다.

창밖을 보고 있던 정필은 마침 택시 한 대가 공안국 마당으로 들어오는 것을 보고 있다가 상체를 돌려 김길우가 내민 명함을 받았다.

"이건 어떤 사람이 내게 준 겁니다."

김길우는 거의 혼비백산한다는 표현이 맞을 정도로 허둥거리며 물었다.

"터터우께서는 이 사람을 어… 어떻게 압까?"

정필은 김길우의 행동을 보고 이상하다는 생각이 들어 돌아서서 설명했다.

"일전에 도문에서 돌아오는 길이었는데 벤츠를 탄 어떤 신사가 깡패들에게 테러를 당할 위기에 처해 있었는데 내가 구해주었습니다. 그런데 왜 그럽니까?"

김길우의 얼굴이 짧은 시간에 수시로 변하더니 잠시 후에 후우! 하고 긴 한숨을 토하며 환한 표정을 짓고는 손가락으로 명함을 찌르듯이 가리켰다.

"이 사람이 누군지 아심까?"

"누굽니까?"

"위엔씬(元勳)입니다. 그 유명한 위엔씬 말임다."

"그가 뭐하는 사람입니까?"

"하하하! 이제 살았슴다!"

김길우는 이제는 껄껄 웃기까지 했다.

"위엔씬 이 인물이 바로 길림성 당서기(黨書記)다. 길림성 당서기!"

정필은 움찔했다.

"당서기라면 파워가 있는 겁니까? 공안국에 힘을 써줄 정도는 됩니까?"

"하하! 이깟 시골의 공안국이 문제가 아님다! 고조 연길은 물론이고 길림, 장춘, 하여튼 길림성 전체에서 최고 대빵임다! 길림성 최고 우두머리 성장(省長)도 당서기 밑에 있슴다! 위엔씬 정도면 중국 전체에서 서열 20위 안에 들 검다! 어마어마하지 않슴까?"

정필은 뭔가 서광이 비추는 것 같아서 조금 흥분했다.

"이 사람에게 부탁하면 뭔가 되겠습니까?"

정필이 목숨을 구해주었으니까 어쩌면 그가 도움을 줄지도 모른다는 생각이 들었다.

김길우는 주먹으로 자기 손바닥을 두드렸다.

"중국에서 최고로 약빨 좋은 게 뭔지 아심까? 권력임다! 권력! 그것만 있으면 만사형통임다! 뇌물보다 백배 이상 효과 있는 겁다! 위엔씬이 우리를 도와줄 마음만 있다면 이 일은 깨끗하게 해결될 거임다!"

"그럼 어떻게 하면 되겠습니까?"

김길우는 잠시 뭔가 생각하더니 명함을 가리키면서 엄숙한 얼굴로 말했다.

"여기 전화번호로 한번 전화를 해봅세다."

연길 공안국 휴게실 구석에 있는 공중전화에서 김길우가 중국어로 전화를 하는 동안 정필은 그 옆에서 명함을 다시 한 번 세밀하게 살펴보았다.

사실 그는 자신이 구해준 신사에게서 명함을 받았었지만 한 번도 들여다본 적이 없었다.

보통 명함은 흰색인데 이 명함은 전체가 빛나는 금박이며, 한가운데에는 도드라진 짙은 금박으로 '원훈(元勳)'이라는 이름이 적혀 있고, 그 위에는 한문으로 '길림성 당서기', 그리고 아래쪽에는 몇 개의 전화번호가 적혀 있었다.

정필이 한 번 자세히 들여다봤으면 알 수 있었던 '길림성 당서기'라는 글을 왜 이제야 봤는지 모르겠다.

탕!

"에이! 이 쌍놈의 새끼들!"

그런데 화가 난 김길우가 전화기를 부술 듯이 내려놓으며 욕설을 내뱉었다.

"왜 그럽니까?"

"쌍간나 아랫것 새끼들이 위엔씬 당서기를 바꿔주질 않는다는 말임! 종간나새끼들!"

정필이 명함 아래쪽 전화번호 중에 한 줄을 가리켰다.

"여기로 해봐요. 휴대전화입니다."

김길우가 눈을 크게 떴다.

"아……! 그카면 되갔군요."

한국에서는 휴대폰이 꽤 많은 사람에게 보급되었는데 중국에서도 휴대폰을 갖고 있는 사람이 있을 줄은 몰랐다. 하긴 일개 성(省)을 관장하는 당서기쯤 되는 인물이라면 휴대폰을 갖고 있을 만했다.

김길우가 다시 공중전화를 붙잡고 통화를 시도했다.

그러더니 동전이 내려가는 소리가 철커덕! 하니까 김길우는 떨리는 목소리로 더듬거렸다.

"웨… 웨이. 니… 닌위엔씬?"

김길우는 잠시 더듬거리면서 통화를 하더니 수화기를 두 손으로 잡고 공손히 정필에게 내밀었다.

"바… 바꾸랍니다."

정필은 수화기를 받았다. 그는 중국어를 모르고, 상대는 한국어를 모를 테니까 짧은 영어로 하는 수밖에 없다.

"Hello. Do you remember me?"

—Oh! Of course I remember!

정필은 학교 때 영어 수업을 좀 착실하게 받을 걸 후회하면서 더듬거리고 있는데 갑자기 휴게실로 3명의 공안이 들이닥쳤다.

콰당!

그중에 2명의 공안이 다짜고짜 정필의 양쪽에서 두 팔을 억세게 붙잡고 휴게실 밖으로 끌고 나갔다.

"터터우!"

정필은 순간적으로 자기를 끌고 나가는 공안 2명을 때려눕히고 도망칠까 하고 생각했으나 곧 마음을 바꿨다.

일단 정필의 여권을 공안국이 갖고 있기 때문에 난동을 부리는 자체가 자승자박이다.

그가 한국으로 밀입국을 하지 않는 이상 중국에 있는 동안 도망자의 신세가 될 것이다.

또한 그렇게 해서는 구금되어 있는 장중환과 탈북자들에게 아무런 도움도 되지 못한다.

김길우는 크게 놀라서 정필을 쳐다보다가 다급하게 수화기를 붙잡고 중국말로 외쳤다.

"정필 씨를 구해주십시오! 여기 연길 공안국입니다!"

그런데 남아 있던 공안 한 명이 김길우에게서 수화기를 뺏어서 끊고 그마저도 끌고 나갔다.

정필과 김길우가 공안들에게 붙잡혀서 복도를 끌려갈 때 건물 입구로 세 사람이 달려 들어오다가 그 광경을 발견하고 멈춰 섰다.

"정필 군!"

"최 선생님!"

두 사람 중에 강명도와 경미가 끌려가는 정필을 발견하고 자지러질 듯 비명을 질렀다.

강명도와 경미는 정필과 김길우를 끌고 가는 공안들에게 중국말로 강하게 항의했다.

그렇지만 어디선가 2명의 공안이 더 나타나서 곤봉을 뽑아 들고 강명도와 경미를 제지했다.

중국 공안은 한국 경찰하고는 달리 시민들에게 공포의 상징으로 알려져 있다.

조금만 수틀리면 곤봉을 무차별 휘둘러서 머리를 박살 내거나 반병신으로 만들기 일쑤다.

강명도와 경미는 착잡한 표정으로 뒤로 물러섰으며 그들과 같이 온 50대 후반의 파카 차림의 남자도 복잡한 표정을 지을 뿐 나서지 못했다.

"정필 군! 무슨 일인가?"

강명도는 뒤따라오면서 물었다.

"저도 모르겠습니다! 목사님을 면회하겠다니까 여권을 뺏더니 이러는 겁니다!"

철컹!

시커멓게 페인트칠을 한 육중한 철문이 열리고 정필과 김길우는 3명의 공안에 의해서 철문 안으로 끌려 들어갔다.

정필은 착잡하기 이를 데 없는 심정이다. 체포된 탈북자들을 구하러 왔다가 오히려 이유도 모른 채 체포되어 감금되는 신세가 됐으니 어떻게 해야 할지 아무런 대책도 떠오르지 않았다.

그가 한국에 있을 때 알고 있는 상식에 의하면, 중국에서는 어떤 이유에서든 한 번 공안에 체포되어 감금되면 그걸로 끝이라고 했었다.

그곳은 반원형의 유치장 같은 시설이었다. 안으로 들어서자마자 퀴퀴한 냄새가 진동했으며, 반원형으로 둥그런 여러 개의 감방 안에는 사람들이 빼곡하게 들어차 있었고, 감방 앞쪽에는 하나의 책상이 놓여 있으며 2명의 무장한 공안이 곤봉을 들고 서 있다가 정필과 김길우를 맞이했다.

"아… 선생님!"

그런데 두 번째 감방의 누군가 쇠창살을 붙잡고 정필을 보며 놀라서 외쳤다.

"최정필 선생이 여긴 어쩐 일이오?"

그 외침을 듣고 그 감방에서 누군가 달려와 쇠창살에 매달리며 애처로운 목소리로 소리쳤다.

정필이 쳐다보니까 그는 은애 아버지 조석근이었고 그 옆에는 은철이도 있었다.

"아버님……."

쇠창살에 매달려서 안타깝게 바라보는 조석근과 은철을 보면서 정필은 아무 말도 할 수 없었다.

조석근이 쇠창살 사이로 팔을 내밀고 공안에게 소리쳤다.

"이보오! 이 사람은 아무 죄도 없으니 당장 내보내시오! 당신들 사람을 잘못 잡아들인기야!"

그때 은철 뒤에 우두커니 서서 정필을 물끄러미 바라보는 사람이 있었다.

장중환 목사였다. 그는 안쓰럽고도 복잡한 표정으로 정필을 응시하면서도 입을 굳게 다물고 있었다.

그런데 정필이 탈북자 남자들과 장중환 목사가 갇혀 있는 두 번째 감방을 지나쳐 세 번째로 걸어갈 때 찢어지는 듯한 비명 소리가 터졌다.

"아악! 오라바이!"

세 번째 감방 쇠창살을 붙잡고 숨이 넘어갈 것처럼 얼굴이 창백하게 질려서 울부짖는 사람은 은주였다.

"오라바이가 여긴 무시기 일로 잡혀 왔슴메! 오라바이!"

미친 듯이 쇠창살을 두 손으로 붙잡고 흔들면서 울부짖는 은주를 보는 정필의 가슴은 칼로 마구 그어대고 찌르는 것처럼 아팠다.

은주는 공안을 향해 바락바락 악을 썼다.

"이보시오! 우리 오라바이는 아무 죄도 없슴다! 저렇게 착한 사람을 잡아 가두는 거이 중국의 법이란 말임까?"

베드로의 집에 들어가서 보호를 받게 되는 탈북자들은 거의 100% 기독교 신자가 된다.

자신들을 구해주고 받아준 사람이 목사님이고, 앞으로 자신들을 이끌어줄 사람 역시 목사님이기에, 그가 믿는 하나님을 자신들의 신으로 기꺼이 영접하는 것이다.

또한 탈북자들에겐 앞으로의 삶이라는 것이 너무도 불안하고 무섭기 때문에 뭔가 맹목적으로 의지할 것을 찾게 되는데 그게 바로 여호와 하나님이다.

장중환 목사는 베드로의 집에서도, 그리고 가끔 영실네 집

에 찾아가서 예배를 보면서 그곳의 탈북자들에게 몇 번이나
힘주어 말했었다.

'정필 군은 천사가 분명하오. 아마도 여호와 하나님께서 여러
분을 위해서 보내신 '미카엘 천사'일 것이오.'

정필과 시선이 마주친 은주는 이미 미쳐 버린 것 같았다.
"어흐흑! 오라바이! 오라바이! 나 때문임다! 우리 때문에 오
라바이까지 잡혀온 겜다!"

이제 자신을 포함한 탈북자 모두가 북송되어 북한에 끌려
가면 무슨 형벌을 받을지 알 수 없는 판국에 은주는 정필을
걱정하고 있다. 그것만 봐도 그녀가 정필을 어떻게 생각하는
지 짐작할 수 있다.

이것은 평범한 연인끼리 커피숍에 마주 앉아서 달달한 아
이스크림이나 원두커피를 마시면서 감미로운 대화로 사랑 놀
음을 하는 것과는 전혀 다른 차원의 일이다.

진정한 사랑은 이국 만리타국의 차디찬 감방의 쇠창살을
사이에 두고 애간장이 끊어지면서 이루어지고 있는지도 모르
는 일이다.

"이놈들아! 오라바이를 풀어줘라! 너 이놈 떼놈들이 하늘
같은 오라바이를……."

은주는 분노와 슬픔이 머리 꼭대기까지 차올라서 말을 잊지 못하고 펑펑 눈물을 흘리며 헐떡거렸다.

그 모습을 보면서 정필의 머릿속에 갑자기 은애가 애처로운 모습으로 두만강 강변에서 울고 있는 모습이 떠오르는 것은 무엇 때문이었을까.

덜컹!

그런데 그때 유치장 입구의 철문이 큰 소리를 내면서 열리며 공안 한 명이 달려 들어와 뭐라고 외쳤다.

그러자 정필과 김길우를 끌고 들어가던 공안이 그 자리에서 뚝 멈추고 급히 뒤로 물러났다.

이어서 유치장 내에 있던 모든 공안이 방금 들어서서 정필에게 걸어오고 있는 공안에게 일제히 경례를 했다.

김길우가 놀란 얼굴로 새로 나타난 공안의 어깨 계급장을 살피고 나서 정필에게 빠른 말로 속삭였다.

"계급이 공안 경독(警督) 1급임다. 저 정도면 여기 연길 공안국 국장이 틀림 없슴다."

공안부 경독 1급이면 한국 경찰의 경정에 해당하는 계급이지만 이 당시의 정필은 그런 걸 전혀 몰랐다. 다만 연길 공안국장이 직접 유치장에 찾아왔다는 사실에 적잖이 놀랐고 또 긴장했다.

그리고 보니까 방금 들어온 공안은 나이가 40대 후반의 중년에 고급스러운 제복을 입었고 어깨에는 작대기 2개에 꽃송이 3개의 계급견장이 붙어 있었다.

저벅저벅……

중키에 당당한 체구인 연길 공안국장은 똑바로 정필에게 걸어와서 두 걸음 앞에 멈추었다.

정필은 연길 공안국 최고 우두머리인 국장이 유치장까지 직접 온 것을 보고 적잖이 긴장했다.

김길우가 길림성 당서기라는 위엔씬에게 전화해서 몇 마디 하다가 정필을 바꿔주고, 정필은 짧은 영어 실력으로 이쪽 사정에 대해서 한마디 설명도 하지 못한 상황에 유치장으로 끌려 들어왔기 때문에 위엔씬이 뭔가 손을 썼을 것이라는 기대를 할 수 없는 상황이다.

오히려 연길 공안국장이 직접 달려온 것을 보고 혹시 박종태가 죽은 것 때문이 아닌가 하는 우려가 피어났다.

그런데 갑자기 공안국장이 정필에게 꾸벅 허리를 굽혔다.

"뚜이부치(미안합니다)."

정필과 김길우는 유치장이 아니라 연길 공안국장실로 자리를 옮겼다.

두 사람은 푹신한 소파에 앉아서 젊고 아리따운 여자 공안의 극진한 대접을 받고 있다.

공안국장이 어디론가 전화를 하더니 일어서서 매우 공손하게 통화를 하다가 정필더러 소파 앞 테이블의 전화를 받으라 하고 김길우에게는 자신의 수화기를 건네주면서 통역을 하도록 했다.

"당서기께서 자기가 도울 일이 뭐냐고 물으십니다."

분위기와 상대방에 압도된 김길우는 지극히 공손하게 정필을 보며 말했다.

정필은 수화기에 대고 당서기가 알아듣든지 말든지 그냥 한국말로 탈북자들을 구하고 싶다고 말했다.

김길우가 그 말을 통역했고 당서기는 알았다면서 정필더러 자신이 살고 있는 장춘으로 오라고 말했다.

정필이 알았다고 대답했는데도 당서기는 몇 번이나 꼭 장춘에 자기를 만나러 오라고 부탁하고는 연길 공안국장을 바꾸라고 했다.

강명도와 경미, 그리고 같은 일행인 50대 중반의 남자는 휴게실 창밖을 내다보고 있다가 갑자기 어리둥절해졌다.

30분 전에 공안들에게 붙잡혀 들어간 정필과 김길우가 공안국 건물에서 마당으로 걸어 나오고 있는데, 그 뒤를 공안국장과 몇몇 간부가 호위하듯이 따르고 있는 광경을 발견했기 때문이다.

"정필 군!"

강명도 등은 놀라서 한달음에 마당으로 달려 나가 정필에게 다가갔다.

"어찌 된 일인가?"

"강 선생님."

"이게 다 무슨 일인가?"

정필은 공안국장이 옆에 서 있는 것을 슬쩍 보고는 강명도에게 말했다.

"다 잘됐습니다. 자세한 건 나중에 설명하겠습니다."

"저이는 누군가?"

강명도가 정필에게 가까이 다가와 턱으로 공안국장을 가리키면서 속삭였다.

"연길 공안국장입니다."

"뭬이야?"

김길우가 바싹 다가와 희희낙락했다.

"강 선생님, 조금 이따가 목사님이랑 모두 다 무사히 풀려나올 겁다."

강명도는 소스라치게 놀라며 정필에게 물었다.

"그… 게 정말인가?"

"그러겠다고 공안국장이 말했습니다."

"허어……."

강명도와 경미, 그리고 50대의 남자는 믿어지지 않는다는 표정을 지었다.

연길 공안국 왼편 끝에 유치장이 있는 부속 건물 입구에서 장중환 목사와 13명의 남녀 탈북자가 쭈뼛거리면서 밖으로 몰려 나왔다.

그들 중에 중국어를 할 줄 아는 사람은 장중환 목사뿐인데 그조차도 자신들이 무엇 때문에 유치장 밖으로 나오고 있는 것인지 알지 못했다.

공안들은 그들을 유치장에서 나오게 하고는 장중환 목사를 비롯한 14명을 일일이 한 명씩 정면 사진을 찍은 후에 건물 밖으로 나가라고만 말했기 때문이다.

탈북자들은 불안한 얼굴로 수군거렸다.

"무슨 일이야? 우리 지금 북송되는 거인가?"

"아마 도문변방대로 가는 걸 거야."

"그런데 아까 말이야, 꽤 높아 보이는 공안이 최 선생한테 꾸벅 허리를 굽힌 거이 왜 그랬는지 모르겠단 말이야."

그런데 그때 두리번거리던 은주가 저만치에 서 있는 정필을 발견하고 지옥에서 조상을 만난 것처럼 반가운 표정을 지으며 소리쳤다.

"오라바이!"

은주는 그 즉시 정필을 향해 죽을힘을 다해서 뛰어갔다.

정필은 은주의 외침을 듣고 그쪽을 쳐다보다가 그녀를 발견하고 기쁜 표정을 지었다.

그렇지만 그녀가 정신없이 달려오는 것을 보고 저러다가 넘어지면 다칠 거라는 생각이 들었다. 그가 누군가를 보고 이런 염려를 하기는 처음이다.

정필은 달려오는 은주에게로 몇 걸음 걸어 나가다가 두 팔을 벌리고 그녀를 가슴에 힘껏 끌어안았다.

"오라바이… 오라바이……."

"이제 괜찮다. 다 잘됐다."

정필은 은주의 등을 쓰다듬으면서 위로했다.

은주는 눈물을 뚝뚝 흘리는 해쓱한 얼굴을 들어 정필을 올려다보면서 걱정스러운 표정을 지었다.

"괜찮습까? 어디 맞지는 않았습까?"

도대체 누가 누굴 걱정하는 것인지, 정필은 가슴이 따뜻해져서 은주의 머리를 쓰다듬었다.

"내가 맞고 다닐 사람처럼 보이니?"

그때 장중환 목사와 탈북자들이 모두 정필과 은주 주위로 모여들었다.

장중환이 약간 떨어진 곳에 서 있는 공안들을 쳐다보면서 불안한 얼굴로 정필에게 물었다.

"무슨 일인가?"

정필은 엷은 미소를 지었다.

"모두 석방되신 겁니다."

장중환은 어리둥절한 얼굴로 눈을 껌뻑거렸다.

"정… 말인가?"

그때 주차장에서 소형 버스 한 대가 시동을 걸더니 정필 일행 쪽으로 다가와서 멈췄다.

공안국장이 정필에게 뭐라고 말하는데 중국어를 아는 장중환이 어리둥절한 표정을 지었다.

"우리… 더러 이 버스를 타고 원하는 곳까지 가라는데 이게 무슨 소린가?"

그때 공안국장이 하나의 흰 봉투와 명함 하나를 정필에게 내밀었고 김길우가 통역했다.

"특별신분증과 공안국장의 명함임다. 앞으로 불편한 일이 있으면 언제든지 자기한테 연락하람다."

부우웅!

그런데 그때 갑자기 검은색 폭스바겐 승용차 한 대가 공안국 안으로 거칠게 달려 들어오더니 정필과 공안국장 등이 있는 곳에서 멀지 않은 곳에 급브레이크를 밟자 승용차가 반 바퀴 빙글 돌면서 멈췄다.

처척!

그러고는 운전석과 조수석에서 두툼한 파카와 코트를 입을 일남일녀가 내려서 사나운 표정을 지으며 다가왔다.

정필은 일남일녀를 보는 순간 그들이 제대로 훈련받은 군인이라는 사실을 간파했다.

다부진 표정과 번뜩이는 눈빛, 그리고 절도 있는 걸음걸이를 보면 알 수 있다.

여자가 공안국장 앞에 멈추더니 빳빳한 자세로 가볍게 고개를 숙여 인사를 했다. 하지만 그것은 예의를 갖춘 것일 뿐 그때부터 여자는 중국말로 공안국장에게 뭐라고 강하게 항의를 했다.

약간 긴 생머리를 올백으로 뒤로 묶었으며 짙은 검정색 선글라스를 썼고 허벅지까지 오는 짧은 모직 코트를 입은 단정한 모습인데 키가 170㎝ 정도로 후리후리했다.

여자와 공안국장의 대화를 듣던 김길우가 질린 듯한 얼굴로 정필에게 속삭였다.

"저 여자 북조선 보위부 사람임다. 지금 공안국장에게 탈북자들을 북송시켜야지 무슨 짓을 하는 거냐고 강하게 항의하고 있슴다."

"연길에 북한 보위부 사람이 있는 겁니까?"

"함북 보위부에서 파견 나온 보위부 요원들이 연길 시내에

사무실까지 차리고 있다는 소문은 들었지만 내래 직접 보는 거이 처음임다."

공안국장은 이미 끝난 일이니까 물러가라고 북한 보위부 여자 요원에게 점잖게 타일렀다.

그렇지만 여자 요원은 꿈쩍도 하지 않고 당장 탈북자들을 자신에게 넘기라고 큰소리쳤다.

여자 요원의 면도날처럼 카랑카랑한 목소리가 초겨울 아침의 파란 하늘을 쨍쨍 울렸다.

그러나 공안국장은 태연한 얼굴로 여자 요원에게 말했다.

"지금 물러나지 않으면 체포하겠다."

여자 요원은 입술을 잘근잘근 깨물다가 힐끗 정필 쪽을 쏘아보았다.

비수처럼 날카로운 눈빛이며 그 속에 상대의 기를 질리게 만드는 이글거림이 있어서 웬만한 사람은 그녀와 눈이 마주치면 외면해 버릴 것 같았다.

그러나 정필은 굳은 얼굴로 묵묵히 그녀를 마주 쳐다보다가 느긋한 태도로 가죽점퍼 안주머니에서 150위안짜리 레이벤 선글라스를 꺼내 썼다.

그런데 여자 요원이 정필 쪽으로 걸어오다가 다섯 걸음 거리를 두고 멈춰서 탈북자들을 한 명씩 차례차례 쓸어보면서 싸늘한 목소리로 말했다.

"이 썩어빠진 배신자들아! 위대한 장군님과 공화국을 배신한 너희 종간나들을 내래 반드시 북조선으로 끌고 가갔어. 알아들어? 북조선에 가면 너희들 모두 총살이야!"

탈북자들은 마치 저승사자를 보듯이 여자 요원의 시선을 피하면서 어깨를 움츠렸다.

그때 갑자기 정필 옆에 서 있던 은주가 앞으로 한 걸음 나서면서 여자 요원을 손가락질하며 앙칼지게 외쳤다.

"이 쌍간나 에미나이야! 우린 대한민국으로 갈 거이끼니 너는 가서 김정일 돼지 새끼 똥구멍이나 핥으라우!"

정필은 은주의 갑작스런 행동에 적이 놀랐다. 더구나 아름다운 그녀의 입에서 거친 욕설이 쏟아져서 더욱 놀랐다.

김일성과 김정일 김씨 일가는 북한에서는 사람이 아니라 신(神)으로 추앙받고 있다.

그래서 북한의 모든 법과 교육, 체제는 그 신을 어떻게 섬겨야 하는 것에 집중되어 있다.

그러므로 북한에서 최고로 악질적이고 반동적인 죄는 최고 존엄(尊嚴)인 김씨 일가를 모독하는 것이다. 그런 죄를 저지른 자는 직계가족뿐만 아니라 사돈의 팔촌까지 모조리 처형시킨다.

그런데 은주가 그 최고 존엄 위대한 령도자 김정일장군님을 '돼지 새끼'라고 칭했으며, 여자 요원에게 그 '돼지 새끼'의

똥구멍을 핥으라고 했으니 이건 최악 중에서도 최악의 반동악질의 언행이다.

"이 종간나……."

여자 요원은 너무 분노해서 말을 잇지도 못했다. 방금 은주가 한 말을 머릿속에서 다시 되뇌는 것조차도 불경스러운 일이기 때문이다.

순간 여자 요원의 코트 자락이 슬쩍 펄럭였다고 여긴 순간 어느새 그녀의 오른손에는 권총이 쥐어져 있었다.

정필이 얼핏 봤을 때 그녀가 뽑은 권총은 정필이 갖고 있는 체코제 cz—75하고 똑같았다.

다만 다른 점은 정필 것이 검은색이라는 것과 여자 요원의 것이 회색이라는 점이다.

그리고 다음 순간 여자 요원은 재빨리 권총을 들어 올리면서 은주를 겨누었다. 그녀의 행동으로 미루어 은주를 즉결 처형하려는 것이 분명했다.

"……!"

그러나 여자 요원이 권총을 뽑는 순간 정필은 이미 앞으로 한 걸음 미끄러지듯이 전진하면서 오른발을 뻗어 여자 요원의 오른손을 차서 권총을 날려 버렸다.

탁!

그 순간 여자 요원은 오른손을 정필에게 걷어차인 여력을 이용해서 제자리에서 재빨리 한 바퀴 빙글 회전하며 오른발 뒤꿈치로 정필의 얼굴을 가격해 갔다.

휘잉!

그녀의 정수리가 거의 바닥에 닿을 정도로 숙여졌으며, 바닥을 디딘 왼발과 허공으로 뻗은 오른발이 일자로 쭉 찢어졌다. 그리고 발뒤꿈치가 정확하게 정필의 오른쪽 턱을 겨냥하여 날아오고 있었다.

'멋진 돌려차기!'

그 순간 정필은 그녀가 북한 보위부 요원이라는 사실을 잠시 잊을 정도로 멋진 동작에 감탄했다.

탁!

웬만한 유단자였으면 그녀의 번개 같은 반격에 당했겠지만 상대는 정필이다.

그의 오른손이 날아오는 여자 요원의 발목을 잡았다고 여긴 순간 그녀를 가볍게 들어 올려서 허공에서 한 바퀴 빙글 휘둘렀다가 홀쩍 집어 던졌다.

방금 전 상황에서 정필이 발목을 잡은 채로 바닥에 패대기를 쳤으면 여자는 머리가 터져서 죽올 수도 있으며 최소한 어디 몇 군데는 부러지는 중상을 입을 것이다.

그리고 이곳이 공안국이 아니었으면 정필은 실제 그렇게 했을 것이다.

싸움에서 상대가 여자라고 봐준다는 건 정필의 사전에는 없는 일이다.

상대는 여자가 아니다. 대한민국의 안기부에 해당하는 북한 보위부 요원인 것이다.

그런데 뜻밖의 결과가 나타났다. 여자 요원이 허공에서 날렵하게 공중제비를 한 바퀴 돌더니 바닥에 한쪽 무릎을 꿇고 내려섰다.

쿵!

다소 묵직하게 내려섰고 약간 균형을 잃었지만 멋진 공중제비에 낙법이다.

그 바람에 그녀가 쓰고 있던 선글라스가 벗겨져서 땅에 떨어져 한쪽 알이 깨졌다.

그녀가 정필을 쏘아보면서 천천히 일어서는데 착지를 하면서 무릎을 다쳤는지 약간 절룩거렸으며 남자 요원이 재빨리 다가와서 부축하려고 했다.

"괜찮으십니까?"

탁!

여자 요원은 남자 요원의 손을 뿌리치면서 이글거리는 눈빛으로 정필을 쏘아보았다.

그 순간 은주를 비롯한 모든 탈북자가 와아! 하고 함성을 터뜨리면서 우레 같은 박수를 쳤다.

여자 요원은 눈빛만으로도 정필을 죽일 듯이 쏘아보다가 몸을 돌려 바닥에 떨어져 있는 권총과 선글라스를 줍더니 자신들이 타고 왔던 승용차로 돌아가 나타났을 때처럼 급작스럽게 떠나버렸다.

연길 공안국을 출발한 볼보 뒤에 장중환과 탈북자들이 타고 있는 소형 버스가 뒤따르고 있다.

조수석의 정필은 여권과 공안국장의 명함을 챙겨서 가죽점퍼 안주머니에 넣고 공안국장이 따로 주었던 흰 봉투를 열어보았다.

봉투 안에는 잉크가 아직 채 마르지 않은 14개의 신분증이 들어 있었다.

또한 장중환 목사를 비롯한 13명 탈북자의 사진이 붙어 있는데 실제로 방금 붙인 풀냄새가 풍겼다.

공안국장이 말했던 특별신분증이다. 정필은 자세히 알 수가 없어서 뒷자리에 타고 있는 강명도에게 특별신분증 하나를 건넸다.

"이게 뭔지 한번 봐주십시오."

뒷자리에는 강명도와 경미, 그리고 일행인 50대 남자가 타고 있다.

"오오… 이거!"

특별신분증을 살펴보던 강명도가 탄성을 터뜨렸다.

"이건 길림성 당서기의 요청으로 연길 공안국장이 발급한 특별신분증이네! 여기에 길림성 당서기 위엔씬의 이름이 적혀 있고 그 위에 연길 공안국장이 도장을 찍었네. 이걸 지니고 있는 사람은 중국 내에서는 어느 누구의 검문이나 방해도 받지 않고 자유롭게 활동하거나 거주할 수 있다고 여기에 적혀 있군그래!"

"그럼 숨어 살지 않아도 되는 겁니까?"

탁탁탁!

"하하하! 이를 말인가? 연길 시내뿐만 아니라 중국 어디를 다녀도 괜찮다고 여기에 적혀 있지 않은가!"

강명도는 신바람이 나서 큰 소리로 웃으며 조수석 시트를 손바닥으로 두드렸고 경미와 그 옆의 신사도 믿어지지 않는다는 표정을 지었다.

"저 식당 앞에 세우세요."

정필이 연길 시내로 들어서다가 어느 한식당 앞에 차를 세우자 뒤따르던 소형 버스가 뒤에 멈추었다.

정필이 차에서 내려 한식당 안으로 들어가서 아침 식사가 되는지 물어보자 된다고 했다.

그는 볼보와 소형 버스에 탄 사람들을 모두 내리게 하고 소형 버스를 운전하는 공안국 직원에게 말해서 공안국으로 돌아가게 했다.

정필이 장중환에게 다가가서 말했다.

"목사님, 여기에서 아침 식사를 하고 가는 게 어떻겠습니까? 드릴 말씀도 있고."

"괜찮을까?"

지금 장중환이 볼 때는 모든 게 다 불안하기 짝이 없다. 정필이 무슨 수를 써서 자신과 탈북자들이 석방됐는지는 모르지만 은신처인 베드로의 집은 이미 노출이 됐기 때문에 그곳으로 갈 수가 없는 상황이다.

이렇게 거리 한복판에 탈북자 13명이 웅성거리면서 모여 있는 것이나, 한꺼번에 한식당에 우르르 몰려 들어가서 식사를 하는 것 역시 위험천만한 행동이다.

"괜찮습니다."

정중환은 여유 있는 미소를 짓는 정필을 믿어보기로 하고 탈북자들을 인솔하여 한식당으로 들어갔다.

은주는 맨 마지막에 남았다가 정필의 팔을 꼭 잡고 같이 들어가면서 속삭였다.

"오라바이 너무 멋집다."

"그래?"

"저는 아까 오줌 쌀 뻔했슴다."

정필은 은주의 표현이 거침없어서 그녀를 쳐다보면서 엷은 미소를 지었다.

"왜 봄까?"

"왜 오줌을 쌀 뻔했니?"

은주는 살짝 얼굴을 붉히며 정필의 어깨에 뺨을 비볐다.

"아까 오라바이가 저를 탁 막아서면서리 북조선 보위부 그 종간나 여군관을 간단하게 집어 던지는 거이 너무 멋있어서 굉장히 흥분했었슴다. 그래서 사실은 그때 오줌을 조금 찔끔 쌌슴다. 헤헤."

정필은 은주를 포함한 북한 여자들의 거침없는 언행이 아직 적응이 되지 않았다.

그가 은주의 바지 아래쪽을 보면서 물었다.

"괜찮겠니?"

은주는 자신의 그곳을 손바닥으로 탁탁 두드리며 씩씩하게 대답했다.

"많이 젖지 않았슴다. 고조 찔끔했슴다, 찔끔. 하하!"

김길우가 뭘 먹을지 물어서 정필은 한식집에서 제일 비싼 소고기 등심과 불고기를 주문하라고 시켰다. 오늘 아침은 그가 한턱 쏠 생각이다.

한식당에선 아침부터 소고기 등심 20인분과 불고기 10인분을 주문받고 준비를 하느라 여주인과 일하는 아줌마들이 부산하게 움직였다.

넓은 방 한쪽에 몇 개의 상을 붙여서 한 줄로 길게 정필 일행이 앉았다.

장중환과 강명도, 경미, 그리고 13명의 탈북자는 아까 정필이 북한 보위부 여자 요원을 멋들어지게 혼쭐냈던 일을 신바람 나게 얘기하면서 통쾌하게 웃느라 정신이 없다.

그제야 정필이 알게 된 사실이지만, 아까 공안국 마당에서 정필의 활약을 보고 오줌을 찔끔한 여자는 은주 혼자가 아니었다는 것이다.

탈북녀들은 서로 자기가 더 많은 오줌을 쌌을 거라고 웃으면서 떠들어댔는데 이상하게도 정필은 그녀들의 말이 조금도 외설스럽게 들리지 않았다.

고기가 나오기를 기다리는 동안 정필이 특별신분증이 든 봉투를 옆에 앉은 장중환에게 말없이 건네주었다.

장중환은 봉투 안에 든 특별신분증을 확인하고는 너무 놀라고 기뻐서 큰 소리로 웃음을 터뜨렸다.

"와핫핫핫! 이거! 이거!"

정필 왼쪽에 앉은 은주를 비롯한 탈북자들은 장중환의 갑작스런 호탕한 웃음에 깜짝 놀라서 그를 쳐다보았다.

장중환은 두 손으로 특별신분증들을 화투처럼 좍 펼쳐서

모두에게 보여주었다.

"여러분, 이게 뭔지 알겠습니까?"

모두들 궁금해서 눈을 빛내는데 장중환이 싱글벙글하면서 설명했다.

"길림성 당서기와 연길 공안국 국장이 공동으로 발급한 특별신분증입니다. 이제부터 여러분은 중국 공안을 조금도 무서워할 필요가 없습니다. 여러분이 이것만 갖고 있으면 중국 어디를 가도 무사통과고 중국 사람들하고 똑같이 행동할 수 있습니다."

여기저기에서 반신반의하면서도 감탄이 터졌다.

"목사님, 그렇다면 이제부터는 숨어서 지내지 앙이 해도 된다는 말임까?"

"그렇습니다."

"이제는 공안에게 붙들려 가지 않는 거임까? 내래 고거이 제일 무섭슴다."

"이제는 길을 가다가 혹시 길을 모르겠으면 공안에게 물어 봐도 됩니다."

"호오……"

"우야야… 어째 그런 일이……"

장중환이 옆에 앉은 정필의 어깨에 손을 얹었다.

"여기 있는 정필 군이 힘을 써서 우리 모두를 석방시켜 준 것은 물론이고 연길 공안국장에게 특별신분증까지 받아냈습니다. 우리 정필 군 정말 훌륭하지 않습니까?"

모두들 존경해 마지않는 표정으로 정필을 바라보는데 눈물을 글썽이든가 상에 엎드려서 감격의 눈물을 흘리는 사람도 있었다.

장중환은 탈북자들의 이름을 한 명씩 호명하면서 특별신분증을 나누어 주었다. 탈북자들은 자신의 특별신분증을 신주단지 모시듯 소중하게 다루면서 들여다보며 신기한 표정을 감추지 못했다.

은주도 특별신분증을 받아 들고 들여다보면서 신기하고 좋아서 어쩔 줄을 몰랐다. 그녀는 특별신분증에 써 있는 글을 가리키며 물었다.

"오라바이, 이거이 중국말임까?"

"그래. 한문이야."

북한에서는 한문을 사용하지 않고 가르치지도 않는 탓에 북한 사람들은 한문에 대해서는 까막눈이다.

"오라바이는 한문 읽을 줄 암까?"

"응."

"우야야… 오라바이는 정말 못하는 거이 없슴다."

정필이 은주 귀에 속삭였다.

"그렇다고 또 오줌은 싸지 마라."

"아하하하! 또 쌀 뻔했습다!"

은주는 손바닥으로 정필의 등을 두드리며 호탕하게 웃었다.

그때 식당 여주인과 일하는 아줌마들이 숯불과 소고기를 가지고 왔다.

그런데 소고기를 보는 탈북자들의 표정이 굳어졌다. 탈북자들은 소고기에 많은 사연이 얽혀 있어서 거부반응을 일으키지만, 지금은 몹시 기쁜 상황이기 때문에 내색하지 않으려고 애썼다.

그때 강명도와 함께 온 50대 사내가 같은 상 맞은편에 앉은 정필을 보면서 미소 지으며 설명했다.

"북한 사람들은 소고기를 먹지 않습니다. 아니, 먹을 줄을 모릅니다."

정필은 뜻밖이라는 표정을 지었다.

"그렇습니까?"

옆에 찰싹 붙어 앉은 은주가 진지한 얼굴로 고개를 끄떡이며 동조했다.

"정말임다, 오라바이. 우린 소고기 안 먹슴다."

"어째서?"

치이이…….

은주는 식당의 아줌마가 석쇠에 새빨간 등심을 얹는 것을 보며 눈살을 찌푸렸다.

"저 질기고 맛없는 거이 북조선에서는 개도 안 먹슴다."

소고기를 석쇠에 얹던 아줌마가 하던 일을 계속하면서 말도 안 된다는 듯한 얼굴로 일침을 가했다.

"누가 그런 쓸개 빠진 헛소리를 해요? 이 비싼 소고기 등심을 돈이 없어서 못 먹지 맛이 없다는 소린 머리털 나고 처음 들어보네."

50대 사내가 빙그레 미소 지으면서 모두 들으라는 듯이 설명했다.

"트럭을 비롯한 차가 몹시 귀한 북한에서는 소가 매우 중요한 운송수단입니다. 그렇기 때문에 소를 죽이는 사람은 사람을 죽인 살인(殺人)보다 더 무거운 형벌을 받는데 총살형을 당합니다."

장중환이 말도 안 된다는 듯 손을 내저었다.

"소를 죽였다고 총살형이라니, 아무리 북한이라도 그건 말이 안 됩니다."

그런데 탈북자들은 모두 진지한 표정으로 50대 사내의 말이 맞다고 편을 들었다.

"소를 죽이면 총살당하는 거이 맞슴다. 그거이 당연한 거 아님까?"

"우리 사촌 형님네 가족이 너무 배가 고파서리 소를 몰래

산에 끌고 올라가서 잡아 죽여 소고기를 먹다가 잡혀서 가족 모두 총살당했슴다."

얘기가 이쯤 되니까 정필이나 장중환은 기가 막혀서 웃음도 나오지 않았다.

중년 사내가 탈북자들을 둘러보면서 말했다.

"아마 이분들 중에서 소고기를 먹어본 사람은 아무도 없을 겁니다. 북한 로동당에서 소를 죽이지 못하게 하려고 소고기가 맛이 없고 질기다는 소문을 냈기 때문입니다."

탈북자들이 당연하다는 듯 고개를 끄떡였다.

장중환은 탈북자들에게 딱 한마디만 했다.

"일단 먹어보세요."

소고기를 먹어본 탈북자들의 반응은 폭발적이었고 감탄사는 동일했다.

"와우! 입에서 씹기도 전에 살살 녹슴다!"

"우야아! 이거이 고기임까, 꿀임까? 고조 최고로 맛있슴다!"

결국 탈북자들은 40인분 가까운 소고기를 먹어치운 후에야 소고기에 대한 아픈 선입견을 떨쳐낼 수 있었다.

정필은 식사 중에 소변을 보러 화장실에 갔다.

남자 화장실과 여자 화장실 입구가 따로 분리되어 나란히 있는 곳이다.

끼이…….

열린 문을 자동으로 닫히게 하려고 문 위쪽에 스프링이 달려 있어서 듣기 거북한 소리가 났다.

남자 화장실 안은 소변기와 그 옆에 작은 문이 있으며 그 안이 대변을 보는 곳인 것 같은데 닫혀 있었다. 인기척이 나는 걸 보니 안에 사람이 볼일을 보는 모양이다.

정필은 소변기 앞에 서서 지퍼를 내리고 묵묵히 볼일을 보다가 문득 은애가 생각이 났다.

만약 은애가 정필과 합체되어 몸속에 있다면 지금처럼 소변을 볼 때 징그럽다면서 질겁하고 한바탕 작은 소란이 벌어졌을 것이다.

'은애 씨는 도대체 어떻게 된 건가?'

그가 은애를 걱정하면서 마음이 착잡해지고 있을 때 옆의 대변을 보는 화장실에서 물을 내리는 소리가 나더니 곧 누군가 나오는 소리가 났다.

대변보는 곳의 문은 정필의 좌측 뒤쪽이기 때문에 거기에서 나오는 사람을 보려면 고개를 돌려야 한다.

그렇지만 정필로서는 구태여 돌아볼 이유가 없다. 볼일을 다 본 사람이라면 정필 뒤쪽에 있는 세면대에서 손을 씻거나 아니면 그냥 나갈 것이다.

슥—

그런데 그때 뭔가 딱딱하고 차가운 물체가 정필의 뒤통수를 가볍게 쿡 찔렀다.

"……!"

정필은 움찔했다. 극히 짧은 순간 두 가지 생각이 번갯불처럼 그의 뇌리에서 명멸했다.

첫 번째 생각은 물체가 자신의 뒤통수에 닿는 즉시 반응, 즉 누군지 모르는 상대를 공격해야 하는데 이미 늦었다는 사실이다. 소변을 보면서 은애를 생각하느라 잠깐 멍하고 있었기 때문이다.

두 번째는 자신의 뒤통수에 닿은 것이 칼이나 권총인 것 같다는 것과, 그것을 찌른 자가 대체 누구인가 하는 생각이다.

"움직이면 대갈통에 구멍을 뚫어주겠다, 종간나새끼야."

그때 뒤에서 냉랭한 여자의 목소리가 조용히 흘러나왔다.

그 목소리를 듣는 순간 정필은 그녀가 아까 연길 공안국 마당에서 자신과 잠시 마찰이 있었던 북한 보위부 여자 요원이라는 사실을 깨달았다.

그녀는 남자 화장실 대변보는 곳에 숨어서 정필이 오기만을 기다리고 있었던 게 분명하다.

정필이 화장실에 올지 안 올지도 모르는 상황에서 무작정 기다렸다는 사실이 기가 막히다.

"너 이 새끼, 내가 묻는 말에 똑바로 대답하라우."

여자 요원이 권총이라고 짐작되는 것으로 정필의 뒤통수에 슬쩍 힘을 가하면서 윽박질렀다.

아마도 정필의 뒤통수를 찌르고 있는 것은 권총이 맞을 것이다. 아까 보았던 체코제 cz—75가 분명하다.

그런데 웃기는 것은, 이런 상황에서도 오줌이 계속 나오고 있다는 사실이다.

세찬 오줌줄기가 소변기에 부딪쳐서 나는 소리가 조용한 화장실 안을 울렸다.

"너 뉘기야?"

여자 요원은 정필이 누군지 궁금해서 이러는 것인지 아니면 다른 목적이 있는 것인지 정필로서는 알 수가 없다.

정필은 오줌을 끊고 나서 움직이지 않은 상태에서 조용히 말했다.

"이봐, 죽일 땐 죽이더라도 우선 이거 좀 집어넣으면 안 되겠나?"

잠시 침묵이 흐르더니 여자 요원이 차갑게 중얼거렸다.

"두 손 머리 위에 올리고 내가 볼 수 있도록 천천히 돌아서라우. 서툰 짓 하면 그대로 갈겨 버리갔어."

정필은 여자 요원이 충분히 그러고도 남을 사람이라는 걸 아까 공안국 마당에서 경험했었다.

정필은 청바지 지퍼를 내리고 물건을 꺼내놓은 상태에서 두 손을 머리에 얹고 왼쪽으로 천천히 돌아섰다. 그로서도 이런 황당한 상황은 생전 처음 당하는 것이다.

완전히 돌아섰을 때 과연 정필의 정면에는 짧은 모직 코트를 입은 북한 보위부 여자 요원이 거기에 서 있었다. 그녀는 오른팔을 쭉 뻗어 아까 보았던 체코제 cz—75를 정필의 이마에 찌르듯이 겨누고 있다.

정필은 북한 보위부 여자 요원의 선글라스를 쓰지 않은 얼굴을 1m 가까운 거리에서 똑똑하게 볼 수 있었다.

그녀는 정필과 비슷한 나이에 눈이 큰데 세로로 큰 게 아니라 가로로 길었다.

그리고 속눈썹이 무척이나 길었으며 갸름한 얼굴에 입술이 새빨갛고 아주 얇아서 전체적으로 꽤나 미인인데도 그보다는 차갑고도 잔인한 인상이 강하게 풍겼다.

정필은 추호도 겁을 먹지 않았으나 상대에게 너무 당당한 모습을 보이는 것이 도움이 될 것 같지 않아서 미간을 조금 찡그렸다.

"이거 넣어도 되겠나?"

그렇게 말하면서 그는 여자 요원의 눈동자가 자신의 남성을 보는 순간 급습을 가하리라 마음먹었다.

슥—

그런데 여자 요원이 왼손을 뻗어 정필의 목을 움켜잡고 오른손의 권총 총구로는 이마를 찌르듯이 겨눈 상태에서 목소리의 높낮이 없이 말했다.

"집어넣어."

정필의 목을 잡은 여자 요원의 손은 얼음처럼 차가웠다. 아마도 그녀의 심성은 그보다 훨씬 차가울 것이다.

그때 그녀의 시선은 분명히 정필의 남성을 향하고 있었다.

하지만 왼손으로 목을 움켜잡고 있어서 정필로서는 어떻게 해볼 재간이 없다.

그가 조금이라도 서투른 짓을 하면 그 즉시 cz—75가 불을 뿜을 것이다.

사람의 행동이 아무리 빨라도 권총 방아쇠를 슬쩍 당기는 것보다는 느릴 것이다.

그때 정필은 조금 전에 끊었던 오줌을 다시 힘차게 누기 시작했다.

쏴아—

치졸하지만 지금으로선 이것이 최선의 방법이다. 그러나 이것마저 먹히지 않는다면 정말 끝장이다.

사람에겐 어느 누구라도 본능적, 그리고 반사적인 행동이라는 것이 있다.

정필의 남성에서 갑자기 거센 오줌줄기가 뿜어져 자신의 바지와 코트에 뿌려지자 여자 요원은 반사적으로 움찔하면서 아래를 내려다보며 급히 오줌줄기를 피했다.

"뭐, 뭐야! 이 쌍간나……."

그 순간 정필의 왼손이 번개같이 위로 올려치며 여자 요원의 쭉 뻗은 두 팔을 옆으로 쳐냈다.

탁!

그와 동시에 정필의 오른발이 총알처럼 앞으로 뻗어나갔다.

픽!

"흑!"

그의 발등이 수백 kg의 무게를 싣고 사타구니를 걷어차자 여자 요원은 숨이 끊어지는 듯한 표정을 지으며 상체를 앞으로 숙였다.

정필은 휘청거리는 여자 요원의 두 팔을 왼손에 한꺼번에 그러쥐고 그녀의 머리 위로 올려 세면대 위의 거울로 밀어붙이면서, 오른 주먹으로 옆구리를 연달아 3번 찍었다.

픽! 픽! 픽!

"크윽… 큭……."

여자 요원의 얼굴이 고통으로 해쓱해지면서 눈과 입이 커다랗게 부릅떠졌다.

픽!

정필은 무릎으로 그녀의 사타구니를 다시 한 번 힘껏 올려 찼다. 무릎에 그녀의 사타구니 뼈가 짓뭉개지는 느낌이 그대로 전해졌다.

그리고 그것으로도 모자라서 주먹으로 명치 한복판을 있는 힘을 다해 찔렀다.

콱!

여자 요원이 축 늘어졌다. 정신을 잃지는 않았지만 도저히 두 발로 서 있지 못할 상태가 돼버렸다. 그렇지만 정필의 왼손이 그녀의 두 팔을 머리 위에서 그러쥐고 있기 때문에 주저앉지 못하고 있다.

정필은 그녀 손에서 권총을 뺏었다. 그런데 총구에 소음기, 즉 부스터가 부착되어 있다. 즉, 소음 권총이다. 그는 권총을 가죽점퍼 안주머니에 쑤셔 넣고는 왼손을 놔버렸다.

털썩!

그녀는 뼈가 없는 것처럼 주저앉다가 세면대에 뒷머리를 세게 부딪쳤다.

"후우……."

정필은 한숨을 길게 내쉬면서 비로소 청바지 지퍼를 올렸다. 물건을 꺼낸 상태로 별 해괴한 짓을 다 했다.

"이… 종간나새끼가……."

여자 요원은 흐느적거리면서도 일어나려고 안간힘을 쓰며

중얼거렸다.

정필에게 그토록 무지막지하게 얻어터지고서도 정신을 잃지 않았다는 건 지독한 맷집이나 강인한 정신력을 지녔다는 뜻이다.

정필은 왼손으로 그녀의 머리카락을 움켜잡고 오른 주먹으로 관자놀이를 한 대 짧게 끊어 쳤다.

뻑!

그걸로 여자 요원은 정신을 잃고 길게 늘어졌다.

정필은 여자 요원을 어깨에 메고 뒷문으로 나가 상자들이 잔뜩 쌓여 있는 구석 담벼락에 앉혀서 기대놓고 식당으로 들어가 방으로 올라가지 않고 김길우를 불렀다.

은주와 장중환 등 몇 사람이 정필을 불렀으나 그는 미소지으면서 손을 들어 보이고는 김길우에게 나직이 말했다.

"차 갖고 식당 뒤로 오세요."

정필은 김길우를 기다리는 동안 여자 요원의 몸수색을 했다.

코트 안주머니에 붉은색 지갑이 있어서 열어보지도 않고 자신의 가죽점퍼 안주머니에 집어넣었다.

코트 바깥주머니에 동전이 몇 개 있는 것은 내버려 두고 정장 바지 주머니를 뒤지다가 허벅지에서 뭔가 단단한 것이 만져져서 바지 지퍼를 내리고 바지를 아래로 조금 내렸더니 오른쪽 허벅지에 가죽벨트가 고정되어 있고 바깥쪽에 칼집에 들어 있는 단검 한 자루가 꽂혀 있는 게 보였다.

정필은 가죽벨트를 풀어서 옆에 놓고 바지를 조금 더 내려 보았다. 이번에는 오른쪽 다리 종아리 바깥쪽에 권총집, 즉 홀스터가 부착되어 있고 거기에 소형 권총 한 자루가 꽂혀 있었다.

몸에 권총 두 정과 단검 하나를 지니고 있다니 아무리 보위부 요원이라지만 대단한 여자다.

여자 요원 종아리의 권총 홀스터까지 푼 정필은 다시 바지를 입혀주려다가 그녀의 사타구니가 피로 흠뻑 새빨갛게 물든 것을 발견했다.

하체에 딱 붙는 흰 팬티의 아래쪽이 피범벅이었고 정필이 보고 있는 중에도 바닥으로 피가 뚝뚝 떨어졌다.

아까 정필이 두 번에 걸쳐서 발과 무릎으로 그녀의 사타구니를 있는 힘껏 걷어찼기 때문인 것 같았다. 그렇다고 해도 정필은 그녀를 치료해 주고 싶은 마음이 없을뿐더러 미안한 마음 같은 것은 손톱만큼도 생기지 않았다.

정필은 여자하고 싸워본 적이 한 번도 없었다. 그래서 여자와 싸울 때 어느 부위를 공격하지 말아야 한다는 제 나름의 어떤 규칙 같은 것도 없다.

어쨌든 조금 전 상황에서는 여자 요원의 사타구니를 걷어차는 것이 최선의 급습이었다.

정필이 다시 바지를 입히고 허리를 펴고 있을 때 김길우가 볼보를 몰고 식당 뒷마당으로 들어왔다.

"와앗! 이 에미나이 뭡까?"

기절해 있는 여자 요원을 본 김길우는 기절할 것처럼 소스라치게 놀랐다.

"화장실에 숨어 있다가 날 기습했습니다."

"야아… 이 북조선 보위부 에미나이 간이 크구마이……!"

"차에 끈하고 테이프 있습니까?"

"있습니다."

"가져오십시오."

제14장
안기부

　정필과 김길우는 보위부 여자 요원을 꽁꽁 결박하고 입에는 테잎을 붙여서 볼보 트렁크에 처박아놓고 식당으로 돌아왔다.

　장중환과 강명도, 그리고 50대 사내는 탈북자들을 위한 새로운 은신처에 대해서 의논하고 있는 중이었다.

　연길 공안국장이 장중환과 13명의 탈북자에게 특별신분증까지 만들어주긴 했지만 이미 드러난 은신처에 다시 들어가서 생활한다는 것은 께름칙하기 짝이 없는 일이라서 새 은신처를 구하려는 것이다.

　"내가 한번 구해보겠습니다. 잠깐 기다려 보십시오."

50대 사내가 일어나서 홀로 내려가 카운터에 있는 전화로 어딘가에 전화를 걸었다.

"누굽니까?"

정필은 사내를 주시하면서 강명도에게 조용히 물었다.

"김낙현이라고, 한국 사람인데 연길에서 사업을 하고 있네."

"네."

"지금까지 여러 방면으로 베드로의 집을 후원하고 있다네. 고마운 사람이지. 지금 살고 있는 베드로의 집도 저 사람이 구해준 걸세. 물론 월세도 저 사람이 일 년치를 한꺼번에 내주었다네."

탈북자들을 돕는 사람이 그래도 여기저기에 여럿 있다는 사실에 정필은 조금이나마 위로를 느꼈다.

잠시 후에 중년 사내 김낙현이 전화를 끊고 방으로 올라와 앉아서 강명도와 장중환에게 말했다.

"마침 괜찮은 아파트가 나왔다는데 지금 있는 곳보다 절반 이상 크답니다. 어떻겠습니까?"

"어딥니까?"

장중환의 물음에 김낙현은 팔을 뻗어 창밖을 가리켰다.

"강북 쪽인데 북대촌(北大村)이랍니다."

그가 가리킨 방향은 북쪽이다.

연길에 대해서 잘 아는 강명도가 난색을 표했다.

"너무 구석이군요."

김낙현은 씁쓸한 얼굴로 머리를 긁적였다.

"몇 군데 나와 있기는 한데 가격이 비싸서……."

정필이 조심스럽게 물었다.

"구석지다는 게 무슨 말씀입니까? 그냥 안전하기만 하면 좋지 않습니까?"

강명도가 차근차근 설명했다.

"구석지고 외진 곳은 인적이 드물어서 여러 사람이 드나들면 금세 눈에 띄네. 또 집집마다 잘 알고 있기 때문에 누구네 집에 무슨 일이 있는지 훤히 알고 있어. 그런 곳에 은신처를 정하면 금세 발각될 걸세."

"아……."

"그리고 되도록 집이 시내에 있어야지만 사람이 들고 나는 것이 수월하고 일단 유사시에 도망쳐야 할 때는 한적한 곳보다는 복잡한 시내가 훨씬 유리하네."

"그렇군요."

강명도와 장중환, 김낙현은 새로운 은신처에 대해서 서로 이마를 맞대고 상의를 하고, 정필은 골똘히 생각에 잠겼다.

소고기와 불고기를 배 터지게 먹은 은주는 아직도 젓가락을 놓지 못하고 석쇠 가장자리에 널려 있는 바삭하게 탄 고기 조각을 꾸역꾸역 집어먹고 있었다.

"세상에 이렇게 맛있는 거이 어디 있습까? 이런 거이 먹다가 죽어도 상관 없습다."

정필은 염려스러운 얼굴로 은주를 말렸다.

"은주야, 내가 또 사줄 테니까 그만 먹어라. 탈 나겠다."

"일없습다. 나는 여지껏 못 먹어서 허약(영양실조) 걸린 적은 있었어도 배탈 난 적은 한 번도 없습다. 이렇게 고기가 남았는데 놔두면 천벌받습다."

은주는 상 아래에서 바지의 가느다란 가죽 허리띠와 호크를 풀고 지퍼를 반쯤 내리고 있는데 빨간색 팬티가 드러나 있었다.

정필은 볼록하게 솟은 은주의 배를 바라보았다. 물론 그녀의 그런 모습은 정필밖에 볼 수가 없는 각도다.

은주는 싱긋 미소 지으면서 정필의 손을 잡아 자신의 배에 얹고 쓰다듬었다.

"내래 돼지 같디요?"

정필이 빙그레 미소 짓는데 은주가 갑자기 배를 잡고 일어나며 바지를 추스렸다.

"배 아픔다. 내래 똥 누고 오갔습다."

기분이 좋아진 탈북자들이 은주를 보면서 농담을 했다.

"은주야, 니가 싼 똥 싸갖고 와라이."

"올 겨울에 똥 제대로 정량 갖다가 앙이 내면 배급받지 못한다이."

"하하하! 고기 먹었으니끼니 좋은 똥 나올 거이다!"

탈북자 중에 한 명이 웃으면서 정필에게 설명했다.

"최 선생님, 북조선에서는 말임다, 사람이 누는 똥을 고스란히 당에 바쳐야 함다. 가족이 4명이면 한 사람당 스무 kg씩 모두 야든(80)kg 바쳐야 하는 거우다!"

"배급도 주지 않아서리 먹은 거이 없어서 쌀 똥도 없는데 당에서는 꼬박꼬박 정량을 바치라고 지랄을 떰다."

"똥을 말입니까?"

은주가 홀에 내려서서 구두를 신으면서 대신 설명했다.

"북조선에는 비료가 없어서리 똥으로 퇴비를 만들어야 하지 앙이 함까. 기니끼니 똥 먹고 자란 배추나 무는 주먹만큼 작아서 김장하려면 한 집에 500포기는 해야 됨다."

정필이 일어나서 은주를 따라가는 걸 보고 강명도가 물었다.

"정필 군, 어딜 가나?"

"아, 은주……."

정필이 말을 얼버무리면서 은주를 따라 화장실로 가는 걸 보고 장중환이 미소 지으며 설명했다.

"대한민국에서는 여자가 화장실에 가면 남자가 따라가서 가방을 들고 있거나 기다리면서 에스코트해 줍니다."

"목사님, 에스… 코트가 뭐임까?"

"호위 말입니다."

"앙이, 그거이 무시기 소림메? 에미나이가 똥 누러 가는데 남자가 호위를 해준다 이 말임까?"

"그렇습니다."

"남조선에서는 남자들이 다 저럽니까?"

장중환은 빙그레 미소 지으며 고개를 끄떡였다.

"대한민국에서는 대부분의 남자가 여자들을 여왕처럼 떠받들고 삽니다."

탈북자 중에서 여자들이 아우성을 쳤다.

"북조선에서는 말임다, 아직도 남존여비(男尊女卑)가 심해서리 남자는 왕이고 여자는 종임다."

"좋은 일은 죄다 남자들 차지고 여자들은 고조 힘들고 지저분한 일만 한다, 이 말임다."

"배급이 끊어진 담부터는 고조 여자들이 모조리 장마당에 나가서 장사를 해서 돈을 벌어와야 함다."

은주는 화장실로 가면서 사람들이 하는 대화를 다 들었다.

그녀는 여자 화장실 앞에서 정필을 기다리고 있다가 그를 보면서 눈을 빛냈다.

"오라바이 내 똥 다 눌 때까지 기다릴 검까?"

"그래."

"다른 여자한테도 이랬습까?"

"그런 적 없어."

은주는 기대 어린 표정을 지었다.

"저한테 첨임까?"

"그래."

은주는 기쁜 얼굴로 두 손을 가슴에 모았다.

"누가 저 똥 누는데 밖에서 기다리는 거이 기쁘기는 오늘이 처음임다."

정필은 의아한 표정을 지었다.

"너 볼일 볼 때 누가 밖에서 기다린 적이 있니?"

"그럼요. 매일 전쟁임다."

은주가 당연하다는 듯이 말하는 게 정필은 언뜻 이해가 되지 않았다.

그녀가 볼일을 보는데 남자들이 서로 기다리겠다고 전쟁을 벌였다는 얘긴가?

"우리 마을엔 공동 변소가 2개밖에 없어서리 아침에 똥 누려면 변소 앞에 줄을 서야 함다. 많을 땐 스무 명도 더 서 있슴다."

"여자들이?"

"아님다. 남자 여자 한데 섞여서리 기다림다. 그런데 변소라는 거이 문도 없고 벽도 없슴다. 고조 벌판에 임시로 지어놓은 거야요. 그래도 우리 마을 공동 변소에는 앞에 가마니가 쳐져 있어서리 똥 누는 거이 기다리는 사람들한테 구경거리는 되지 않았슴다."

"허어……."

정필은 너무 어이가 없어서 웃음도 나지 않았다.

은주의 얼굴에선 기쁜 미소가 물결쳤다.

"내래 똥 눌 때까지 오라바이가 기다린다고 하니끼니 너무 행복해서리 꿈만 같슴다."

사실 정필은 아까 보위부 여자 요원의 습격을 받았기 때문에 은주를 보호하려는 차원에서 기다리겠다는 것이지 별다른 뜻은 없었다.

"그럼 배깥에 있지 말고 안으로 들어가기요. 배깥에는 상기 춥슴다."

은주가 정필의 손을 잡고 화장실 안으로 이끌었다.

여자 화장실은 남자 화장실하고는 달리 손을 씻는 세면대와 하나의 문이 있는데 그 안에 좌변기가 있었다.

은주는 좌변실 안으로 들어가 잠시 부스럭거리더니 세차게 오줌을 누고 볼일을 보는 소리가 요란하게 났다.

정필은 은주가 민망해할까 봐 밖으로 나가려는데 그걸 보기라도 한 것처럼 은주의 말이 들렸다.

"오라바이, 거기 있슴까?"

정필은 얼른 제자리로 갔다.

"그래."

"오라바이가 기다리니끼니 똥이 잘 나옴다."

정필은 생전 처음 여자가 큰일을 볼 때 지척에서 기다리면서 볼일 보는 소리와 냄새를 맡았다. 그렇지만 그리 나쁜 기분은 아니다.

은주는 도대체 정필을 무엇으로 생각하고 있는 건지 모르겠다. 북한 여자들은 가까운 남자에게 보일 것 안 보일 것 다 보여도 상관없다는 생각을 갖고 있는 것인가.

연길 시내에는 몇 년 전부터 아파트 건설 붐이 일어나서 시내 곳곳에 아파트 단지가 여러 군데 생겼다.

정필은 김낙현의 회사 직원이 알아봤다는 아파트 중에서 시내 중심가에 있는 적당한 아파트를 하나 얻기로 했다.

아까 김낙현이 말했던 연길 외곽 북대촌의 아파트는 한 달 월세가 400위안이었는데 정필이 얻은 아파트는 그보다 2배가 넘는 1,000위안이다. 한 달 월세가 1,000위안이면 한화로 12만 원이니까 비싼 편은 아니다.

시내 중심가이기도 하지만 지금 지내고 있는 아파트보다 배 가까이 큰 60평형이기 때문에 가격 차이가 나는 것이다.

연길에서는 월세를 선불로, 그것도 일 년치를 한꺼번에 내야 한다기에 정필은 카드로 돈을 찾아서 집주인을 만나 일 년치 12,000위안을 직접 냈다.

장중환과 강명도. 경미가 탈북자들을 인솔하여 처음으로

연길 시내 이곳저곳을 구경하는 동안 정필은 김길우와 김낙현, 그리고 김낙현이 부른 2명의 직원과 함께 트럭을 동원하여 원래 살던 베드로의 집에서 세간과 물건들을 빗자루 몽둥이까지 가득 싣고 새로 얻은 집으로 이사하는 일을 했다.

혹시 공안국에서 감시나 미행을 하고 있을지 몰라서 김길우가 직접 트럭을 운전하고 조수석에 정필이 타서 연길시 외곽으로 빠져나가 용정으로 가는 것처럼 하다가 뒤따르는 차가 없는 것을 확인한 후에 다시 연길 시내로 들어와 이사할 집으로 갔다.

정필을 비롯한 남자들이 얼마나 빠르게 움직였던지 그날 오후 4시쯤에는 이사가 완료되어 모두들 새 아파트로 들어갈 수 있게 되었다.

60평짜리 새 아파트는 방이 4개고 주방과 거실이 매우 컸으며 무엇보다도 욕조가 붙은 화장실이 2개라서 여태껏 화장실 때문에 고생했던 탈북자들 모두 좋아했다.

탈북자 13명은 네 가족에 개인이 한 명인데, 각 가족에게 방 하나씩 분배되는 바람에 홀몸으로 온 38세 남자 한 명은 갈 데가 없게 돼버렸다.

"아바이, 제가 오라바이 따라가겠슴다."

은주가 기다렸다는 듯이 톡 나섰다.

"제가 없으면 아바이랑 은철이하고 저 사람이 한 방 같이 쓸 수 있을 거임다."

은주는 우두커니 서 있는 정필의 팔에 매달리면서 해맑게 미소 지었다.

"정필 오라바이, 글케 나하고 같이 있고 싶다고 하더이만 이 제 소원 풀었겠슴다."

"어……."

정필은 멍한 표정을 지었고, 사람들은 묘한 눈빛으로 정필 과 은주를 쳐다보았다. 그중에서도 조석근과 은철의 눈빛은 특히 각별했다.

강명도와 경미는 아까 일찌감치 평화의원으로 갔고, 정필은 어둑해질 무렵에야 새로 얻은 아파트에서 나왔다.

"정필 씨, 잠시 얘기 좀 할 수 있겠습니까?"

정필이 은주, 김길우와 함께 볼보로 걸어가는데 김낙현이 뒤에서 그를 불렀다.

김낙현은 볼보에서 조금 떨어진 곳으로 정필을 데려가서 진 지한 표정으로 용건을 꺼냈다.

"탈북자들을 무슨 방법으로 석방시켰는지 말해줄 수 있겠 습니까?"

정필의 얼굴이 굳어졌다.

"그건 말할 수 없습니다."

길림성 제 일인자인 당서기 위엔씬이 손을 써서 탈북자들을 석방시켰다는 사실은 아는 사람이 적을수록 좋다는 게 정필의 생각이다.

아무리 권력이 막강한 당서기라고 해도 탈북자들을 석방시킨 일은 명백한 불법이니까 그 사실을 아는 사람이 적을수록 좋을 것이다.

그래서 정필은 그 일을 강명도나 장중환에게도 발설하지 않았던 것이다.

그렇게 하라고 위엔씬이 부탁하지는 않았지만, 그렇게 하는 것이 정필을 위해서 힘을 써준 위엔씬에 대한 예의라고 생각했다.

김낙현은 물러서지 않았다.

"최정필 씨, 이건 매우 중요한 문제니까 부디 말해주기 바랍니다."

문득 정필은 김낙현이 평범한 사람이 아닐 것이라는 직감이 들었다.

평범한 한국인으로서 연길에서 사업을 하는 사람이라면 이처럼 집요하게 굴 이유가 없다.

정필이 무슨 방법을 썼든 탈북자들이 무사하면 그것으로 된 것 아니겠는가.

정필은 한 발자국 물러나며 정색으로 김낙현을 주시했다.

"당신 누굽니까?"

오늘 하루 종일 탈북자들과 함께 행동하면서 밥도 같이 먹고 이삿짐도 나르면서 정필은 김낙현과 조금 가까워졌지만 지금 이 순간에는 완전히 적대적으로 대했다.

정필은 날카롭게 김낙현을 주시하면서 여차하면 공격할 것처럼 낮게 으르렁거렸다.

"당신 무슨 목적으로 탈북자들에게 접근한 거야?"

말도 거침없이 반발이 튀어나왔다. 정필은 어쩌면 김낙현이 북한하고 연관이 있을지도 모른다는 생각이 들었다.

김낙현은 복잡한 표정을 짓더니 이윽고 자세를 바로 하고는 조금 더 목소리를 낮추어 입을 열었다.

"이렇게 되면 사실대로 말할 수밖에 없겠군요. 나는 대한민국 국가안전기획부 사람입니다."

정필은 움찔했다.

"안기부?"

"그렇습니다. 나는 안기부 대공수사실 제 5국 소속 연변 주재 수사요원이고 직책은 주임입니다."

정필은 김낙현의 말이 맞을 거라고 생각했다. 정필이 처음 봤을 때부터 그에게서는 국가의 녹을 먹는 사람, 즉 공무원 같은 분위기와 냄새가 났다. 그렇지만 그가 안기부 수사요원이었다는 사실은 충격적인 일이다.

"안기부 요원이라는 것을 증명할 신분증 같은 것 갖고 있습니까?"

정필의 말에 김낙현은 씁쓸한 표정을 지었다.

"그런 걸 지니고 다니다가 중국 공안이나 운 나쁘게 북한 공작원에게 들키기라도 하는 날엔 나 하나 죽는 것으로 끝나지 않습니다."

"알겠습니다."

정필은 그의 말이 맞다고 판단했다.

"우린 지금 매우 난처한 상황에 처해 있습니다. 그래서 정필 씨의 도움이 절실하게 필요한 겁니다."

"내가 뭘 도울 수 있다는 겁니까?"

"아까 연길 공안국장의 행동으로 봤을 때 정필 씨는 그와 잘 아는 사이거나 아니면 그 윗선과 연결되어 있는 것 같았습니다."

"잘못 봤습니다."

정필은 딱 잡아뗐다. 이유는 하나, 안기부 같은 부서와 연관되고 싶지 않다는 것이다.

김낙현은 정필이 완고하게 거절했으나 물러날 수 없는 입장이었다.

"우리는 탈북자들에 대한 정보를 많이 갖고 있습니다."

"필요 없습니다."

김낙현의 표정이 조금씩 조급해져갔다.

"우리는 최정필 씨가 닿아 있는 그 사람의 힘을 딱 한 번만 빌리면 됩니다. 이건 한 사람의 목숨이 걸린, 아니, 세 사람의 목숨이 걸린 일입니다."

"무슨 뜻입니까?"

사람의 목숨이 걸렸다는 말에 정필은 조금 누그러졌다.

"사실 10일 전에 우리 요원 한 명이 실종됐습니다. 조사해 본 결과 북한 보위부가 우리 요원을 납치했습니다. 당시 우리 요원은 북한에서 망명을 요청하고 있는 북한 고위층 한 명하고 접촉 중이었습니다."

"납치된 안기부 요원의 목숨이 위험한 겁니까?"

"그 친구는 이미 북한 온성군 남양 보위부로 끌려가서 고문을 받고 있는 것으로 파악됐습니다. 그 친구는 결혼한 지 3년 차로 부인과 2살짜리 어린 딸이 있습니다."

안기부 요원이 망명하려는 북한 고위층과 접촉하다가 북한 보위부 요원에게 발각, 납치되어 이미 북한으로 끌려갔다면 죽은 목숨이라고 봐야만 할 것이다.

그에게는 젊은 부인과 어린 딸이 있기 때문에 김낙현이 세 사람의 목숨이라고 한 것이다.

김낙현의 표정이 간절해졌다.

"그 친구는 내가 소개해서 우리 직원이 됐습니다. 그리고 사실은 그 친구의 부인이 내 딸입니다."

정필은 조금씩 자신이 김낙현에게 끌려 들어가고 있다는 것을 느꼈으나 매정하게 뿌리칠 수가 없는 일이다. 그는 지금 사위의 구명을 위해서 간절히 정필에게 부탁을 하고 있는 것이다.

더구나 사위가 잘못되면 김낙현의 딸과 손녀는 절망적인 상황에 처하고 말 것이다.

"어떤 방법으로 그를 구할 계획입니까?"

그래서 그렇게 묻지 않을 수가 없었다.

"최정필 씨가 알고 있는 중국 고위급에게 부탁해서 북한 보위부 연길사무소를 폐쇄하겠다고 압박하면 어떨까 합니다. 그래서 보위부 연길사무소를 폐쇄하지 않는 조건으로 그 친구를 풀어달라고 협상을 하는 겁니다."

정필은 팔짱을 꼈다.

"북한과 중국이 혈맹 관계라는 걸 알고 하는 말입니까? 그게 가능할 거라고 생각합니까?"

아무리 중국 고위층이라고 해도 북한의 중국 내 보위부 사무소를 폐쇄시키는 일은 쉽지 않을 것이다.

"그게 아니면 또 다른 방법으로라도… 어쨌든 중국 고위급의 막강한 힘이라면 뭐든 할 수 있을 겁니다."

김낙현의 자신 없는 목소리에 정필은 막다른 골목에 몰린 그가 냉철한 이성이 흐려졌거나 아무 거나 이것저것 가능성을 타진하고 있는 것이라고 판단했다.

그때 문득 정필은 한 가지 좋은 생각이 떠올랐다.

"이리 와보십시오."

그는 볼보로 가서 운전석에 앉아 있는 김길우에게 트렁크를 열라고 했다.

툭!

정필은 볼보 트렁크 앞에 김낙현과 나란히 서서 트렁크를 조금만 살짝 들어 올렸다.

"어……."

김낙현은 트렁크 안을 들여다보더니 안색이 확 변했다.

트렁크 안에는 북한 보위부 여자 요원이 입에 테잎이 붙고 손발이 꽁꽁 결박된 상태로 누워 있는데 기절에서 깨어난 그녀는 눈을 부릅뜨고 정필을 노려보았다.

"우우… 움……."

정필이 다시 트렁크를 닫으려고 하자 여자 요원은 미친 듯이 몸부림을 쳤다.

그 바람에 트렁크 안에서 쿵쾅거리는 소리가 나고 차가 약간 흔들렸다.

슥―

정필은 한 손으로 트렁크를 잡고 다른 손으로 여자 요원의 목을 지그시 눌렀다.

"죽고 싶으냐?"

그러면서 손에 힘을 주자 여자 요원이 파들파들 떨면서 잠시 후에 눈에서 눈동자가 사라졌다.

정필은 손을 놓고 여자 요원의 턱을 짧고 강하게 한 대 후려쳤다.

픽!

여자 요원은 사지를 늘어뜨리면서 그대로 기절했다.

탁!

정필은 트렁크를 닫고 김낙현에게 물었다.

"이 여자하고 안기부 요원하고 교환하는 건 어떻겠습니까?"

"이 여자 아까 아침에 연길 공안국에서 봤던 그 보위부 요원입니까?"

"그렇습니다."

김낙현은 놀라움이 가시지 않은 얼굴로 트렁크를 가리켰다.

"그런데 어떻게……."

"아까 한식당 화장실에서 이 여자가 날 습격했습니다."

"아……."

김낙현은 정필의 다음 말을 듣지 않아도 어떻게 된 일인지 짐작할 수 있을 것 같았다.

"과연 특전사 정예 요원다운 솜씨로군요."

그 말에 정필은 움찔했다.

"나를 압니까?"

김낙현은 순순히 인정했다.

"베드로의 집에 접근하는 한국인은 조사하도록 방침이 내려와 있습니다."

정필은 자기도 모르는 사이에 타인에 의해서 조사를 당했다는 사실에 조금 기분이 나빠졌다.

"나에 대해서 얼마나 아는 겁니까?"

"공식적인 것은 다 압니다."

"내 가족에 대해서도 말입니까?"

"그렇습니다. 혹시 북한이탈주민들에게 해를 끼치려는 북한 공작원인지 확인하기 위한 부득이한 조사였으니까 이해해 주십시오."

정필은 아버지뻘인 김낙현이 고개를 숙이면서 정중하게 사과하는 것을 보고는 화를 낼 수가 없었다. 또한 그렇게 하는 것이 안기부 방침이라고 하지 않은가.

정필은 다시 본론으로 들어갔다.

"저 여자를 당신에게 넘기겠습니다. 어떻게 하든지 당신 마음대로 하십시오."

김낙현은 환한 표정을 지었다.

"그렇게 해주겠습니까?"

"그러십시오."

"아아……! 이제 그 친구는 살았습니다……! 정말 고맙습니다, 최정필 씨."

정필은 김낙현이 납치된 안기부 요원, 즉 자신의 사위가 돌아오기라도 한 것처럼 기뻐하는 모습을 보고 약간 의문이 들었다.

"저 여자가 누군지 아십니까?"

"그녀는 북한 국가보위부정치대학을 나온 엘리트로서 국가안전보위부 함경북도 보위부 소속 보위군관이며 이름은 권보영이고 계급은 상위(대위)입니다. 현재 보위부 연변사무소 책임자로 있습니다. 연변에 보위부원이 30명쯤 나와 있는데 저 여자가 대장입니다."

김낙현은 비로소 입가에 미소를 지으며 설명했다.

"저 여자는 거물급에 속합니다. 게다가 아는 게 많기 때문에 북한에서는 무조건 인질 교환에 응할 겁니다."

김낙현이 정필에게 마지막 부탁을 했다.

"이 일은 우리 둘만 알고 있었으면 좋겠습니다."

"왜 그럽니까?"

"위에서 알면 곤란해질 수도 있습니다."

"내가 말입니까?"

"우리 둘 다입니다."

김낙현은 진지한 표정을 지었다.

"위에서 이 사실을 알면 저 여자를 무슨 수를 써서라도 한국으로 데려가려고 할 겁니다."

김낙현의 얼굴에 문득 괜한 말을 했다는 후회가 스쳤으나 그보다는 정필에 대한 신뢰가 더 크다는 생각에 하던 말을 마저 했다.

"저 여자의 입을 열게 하면 북한 보위부를 통째로 알아낼 수 있을 겁니다."

"그렇지만 저 여자를 한국에 데려가면 납치된 사위는 어떻게 합니까?"

정필은 일부러 '사위'라는 호칭을 썼다.

"위에서는 그 친구를 포기할 겁니다."

"그럴 리가……."

"꼬리를 내주고 대가리를 취하는 거죠. 저 여자는 그 친구 같은 조무래기하곤 차원이 다릅니다."

"그렇군요."

정필은 쓸쓸한 기분이면서도 어쩌면 자기가 안기부의 고위급이라고 해도 그런 결정을 내릴 수밖에 없을 것이라는 생각이 들었다.

만약 여자를 대한민국으로 데려간다면 어떤 방법을 쓸 것인지 궁금했지만 묻지는 않았다. 안기부 정도 되면 뭔가 특별한 방법이 있을 것이다.

"김길우 씨, 시간 있습니까?"

정필은 날이 어두워져서 캄캄한 부르하통강 주차장에서 김낙현에게 북한 보위부 상위 권보영을 넘겨주고 나서 볼보가 대로로 올라서자 김길우에게 넌지시 물었다.

"저야 연길에 있으면 시간이 넘치지요. 왜 그러십니까?"

"어디 가서 나하고 술이나 한잔합시다. 할 얘기도 있고."

"그러십니까? 그럼 터터우 제 집에 가시겠습니까? 제 집이 이 근처입니다."

"어… 그럽시다."

이런 상황에서는 정중하게 한두 번 사양을 하다가 못 이기는 체 받아들여야 하는 게 예의인데도 정필은 대뜸 그러자고 했다.

김길우 말대로 그의 집은 부르하통강 무료 주차장에서 1.5㎞ 남짓 가까운 거리였다.

그런데 지금까지의 아파트들과 건물들이 사라지더니 이윽고 비포장도로가 나타났다.

비포장도로 양쪽에는 단층 주택들이 줄지어 늘어서 있으며 거기에서 흘러나온 불빛들은 도심의 야경하고는 사뭇 다른 스산한 풍경을 만들어냈다.

뒷자리에 은주와 나란히 앉은 정필은 차창 밖을 유심히 내다보았다.

정필은 예전에 서울 달동네라는 곳을 가본 적이 있었는데 여기가 바로 연길의 달동네라고 할 수 있을 것 같았다.

제대로 주택의 모양을 갖춘 집은 별로 없고 대부분 블록이나 판자 따위로 벽을 세우고 지붕은 기와나 슬레이트를 얹었다.

연길 시내 한가운데를 관통해서 흐르는 부르하통강 양쪽 강변에는 신식 아파트 단지와 높은 빌딩들이 줄지어 늘어서 있는데 비해서 이곳 강 하류 빈민촌은 같은 강변이면서도 전혀 딴 세상에 온 것 같았다.

그래서 강 건너에 늘어서 있는 고층 아파트 단지와 이곳 공의촌(工衣村)은 묘한 대비를 이루고 있었다.

"터터우, 여긴 연길 시내에서 제일 가난한 사람들만 모여서 사는 곳입니다."

차창 밖을 살피고 있는 정필을 슬쩍 룸미러로 보면서 김길우가 설명했다.

"그래도 저는 행복함다. 택시를 하기 전에는 벌이를 못해서 여기보다 더 못한 촌에서 살았습니다."

은주는 뒷자리 오른쪽에 정필과 딱 붙어 앉아서 그와 함께 상체를 기울여 차창 밖을 내다보았다.

"택시를 하면서리 수입이 고정적으로 생겨서 일 년 만에 여기로 이사 온 거임다. 무허가 월세이긴 하지만 우리는 지금 행복합니다."

볼보가 속도를 줄이면서 어느 집 앞에 정지했다.

"헤헤헤! 더구나 요즘은 택시 할 때보다 수입이 서너 배 이상 많아져서리 마누라가 살맛이 난답니다."

차에서 내린 정필은 김길우가 자기가 사는 곳이라고 소개한 집을 쳐다보았다.

다른 집들과 다를 바 없이 대동소이하고 마당이나 담도 없으며, 문을 열고 들어가면 부엌이 나오고, 부엌 양쪽에 방이 한 칸씩 두 개가 있다.

바깥문 여는 소리에 김길우의 아내가 젖먹이를 업은 부스스한 모습으로 급히 나오다가 훤칠한 정필과 은주를 발견하고는 그 자리에서 얼어붙었다.

"아, 뭘 그렇게 서 있어? 우리 터터우서! 터터우! 어서 인사 드려! 이 멍충아!"

김길우 부인의 얼굴이 놀라움으로 물들더니 곧 코가 바닥에 닿을 정도로 허리를 굽혀 인사를 했다.

"아… 아이구머니! 이런 누추한 집에 터터우께서……."

얼마나 허리를 굽혔으면 업고 있던 아기가 거꾸로 떨어질 뻔해서 정필이 얼른 아기를 잡았다.

김길우의 아내는 조선족으로 32세이고 이름은 이연화(李蓮花). 자그마한 키와 아담한 체구에 겁이 많고 순종적일 것 같은 순박하고 예쁘장한 용모를 지녔다.

김길우가 술상을 차리라고 하니까 재빨리 부엌으로 나간 이연화는 채 30분이 지나기도 전에 푸짐한 돼지고기찌개에 맛깔스럽게 썬 김장김치, 시래기무침, 시원한 동치미에 큼직한 머슴밥 3그릇을 얹은 상을 낑낑거리면서 들고 들어왔다.

김길우가 얼른 일어나 상을 받아 방 한가운데 내려놓으며 겸연쩍게 웃었다.

"이거 술상이 시원치 않아서 터터우 입맛에 맞으실지……."

"앙이? 밥이 어째 3그릇뿐임까? 언니는 안 드심까?"

그런데 은주가 밥상에 밥이 3그릇뿐인 것을 보고 이연화를 보며 따지듯이 물었다. 그녀는 처음 보는 이연화에게 스스럼없이 '언니'라고 불러서 김길우와 이연화를 깜짝 놀라게 만들었다.

옆에서 정필도 거들었다.

"형수님도 같이 드시죠."

정필의 '형수님'이라는 호칭에 김길우와 이연화는 동시에 펄쩍 뛰더니 황공해서 어쩔 줄 모르고 쩔쩔맸다.

성필이 처음 방에 들어왔을 때에는 아랫목만 미지근했었는데 김길우가 부엌 아궁이에 장작을 아낌없이 마구 집어넣더니 한 시간쯤 후에는 방바닥이 쩔쩔 끓었다.

정필과 은주, 김길우 세 사람은 밥상에서, 이연화는 밥상 아래 방바닥에 밥그릇을 내려놓고 식사를 하는데 정필과 은주가 아무리 밥상에 올려놓고 먹으라고 해도 그것만은 죽어도 듣지 않았다.

"저분이 술 끊은 지 열흘쯤 됐슴다."

함북 사투리를 쓰는 이연화는 김길우를 바라보면서 자랑스럽다는 듯 말하며 감춰두었던 술을 내왔다.

열흘이라면, 정필이 볼보를 사고 김길우를 일당제로 쓰기 시작했을 때다.

김길우는 쑥스럽다는 듯 머리를 긁적였다.

"술이라는 거이 사람을 아주 병신으로 만들 거든요."

"길우 씨, 내가 생각을 좀 해봤습니다."

술이 몇 순배 돌아가고 나서 정필이 조용히 말문을 열었다.

"엊그제 길우 씨가 말한 사업 말입니다."

정필은 김길우를 '길우 씨'라고 부르기 시작했다.

"무슨 사업을……."

김길우는 자기 입으로 말해놓고서도 잊어버린 모양이다.

"외제 중고차 사업 말입니다."

"아! 그, 그거 말입니까?"

김길우는 화들짝 놀랐다. 그 얘긴 심양 룸살롱 낙랑공주에서 은주를 구하는 과정에 잠깐 꺼냈었다. 그런데 설마 정필이 그걸 기억하고 있을 줄은 몰랐다.

"그걸 한번 해볼까 합니다."

김길우는 얼마나 놀라고 또 긴장했으면 자기도 모르게 무릎까지 꿇었다.

"저… 정말입니까?"

"사실 나는 올 여름에 군대에서 제대했습니다."

"그렇습니까?"

은주는 정필에 대한 얘기가 나오자 그의 옆에 앉아 홀짝홀짝 술을 마시면서 눈을 반짝거리며 관심을 기울였다.

"취직을 할까 생각을 하고 있다가 갑자기 연길에 오게 돼서 본의 아니게 탈북자들 일에 휘말렸는데……."

김길우와 이연화는 젓가락마저 내려놓고 숨소리도 내지 않은 채 정필만 뚫어지게 주시했다.

정필의 결정 하나에 그들의 운명이 달려 있다고 해도 과언이 아니기 때문이다.

"여기에서 길우 씨 덕분에 좋은 아이디어를 하나 얻은 것 같습니다. 시험 삼아서 한번 시도해 보고 싶습니다."

"아아……."

정필이 술잔을 비우자 이연화가 급히 주전자의 백주를 두 손으로 달달 떨면서 빈 잔에 채웠다.

"우선 처음에……."

"불보 한두 대면 됩니다. 그거 팔아보고서리 괜찮으면 더 해 보는 거임다."

김길우가 얼른 말을 받았다. 홍분을 감추려고 하지만 벌써 숨소리가 달라졌다.

정필이 진지하게 말했다.

"이쪽의 외제 중고차 시세를 먼저 알아보고 나서 내가 한국에 가서 그쪽 시세를 알아보고 길우 씨에게 연락을 하겠습니다."

"그러십시오."

정필은 잠시 생각하다가 다시 말했다.

"아니, 내일 한국에 아는 사람을 시켜서 그쪽 시세를 먼저 알아보는 게 좋겠습니다."

"아… 그럴 사람이 있습까?"

"이번에 대학을 졸업한 여동생이 있습니다. 그 녀석 통계학과를 나왔으니까 시키면 잘할 겁니다."

은주가 반색을 했다.

"오라바이 여동생 있습까? 몇 살임까?"

"22살이야."

"옴마야! 나보다 한 살 많습다! 이름이 뭐임까?"

"선희야."

"흠, 최선희. 이름도 참 곱습다."

김길우네 집에서 나온 정필과 은주는 술이 취한 김길우가 한사코 집까지 태워준다는 것을 뿌리치고 둘이 나란히 큰길까지 걸어 나와서 택시를 잡아탔다.

가난하지만 화목한 김길우와 이연화에게 후한 대접을 받은 정필은 가슴이 무척 따스해졌다.

"오라바이, 길우 아저씨네 집이 우리 살던 집보다 백배 더 좋았슴다. 따뜻하게 온기도 있고 먹을 것도 풍족하고… 둘이 서로 사랑하고……"

은주는 정필에게 기대서 택시 차창 밖을 바라보며 흐뭇한 미소를 지었다.

정필은 택시가 영실네 아파트 근처에 가까이 와서야 비로소 오늘 하루 종일 향숙에게 전화를 하지 못했다는 사실을 깨달았다.

베드로의 집 장중환 목사와 13명의 탈북자가 모조리 공안에게 붙잡혀 갔다는 강명도의 전화를 받고 부랴부랴 뛰어나간 것이 이른 아침 7시가 채 못 되었을 때였다.

그런데 지금 시간이 밤 9시니까 향숙을 비롯한 6명, 아니, 진희까지 7명의 여자는 걱정 때문에 지금도 속을 까맣게 태우고 있을 것이다.

정필은 오늘 하루 종일 향숙이나 영실네 집에 있는 탈북녀들을 생각할 겨를이 없었다.

척!

현관문이 조금 열리고 현관 안쪽에 한나절 만에 초췌해진 모습의 향숙이 오도카니 서서 현관 밖에 우뚝 서 있는 정필을 바라보았다.

"들어가자."

정필은 은주를 앞세워서 안으로 들어가 현관문을 닫았다.

현관문이 닫히고 잠그는 소리를 듣고서야 방에 있던 여자들이 우르르 거실로 몰려나왔다.

그러다가 진희가 신발을 벗고 거실로 올라서는 은주를 발견하고 반가워서 기절할 것처럼 비명을 질렀다.

"옴마야! 은주야! 너 살았구나야!"

진희는 은주를 부둥켜안고 눈물을 흘리면서 기뻐서 어쩔 줄을 몰랐다.

"너 공안한테 잡혀갔다고 해서리 내는 하루 종일 걱정이 돼서 울기만 했다……! 아이고 은주야… 엉엉!"

정필은 울부짖는 진희의 입을 막고 조용하라는 시늉을 해 보이고는 모두를 데리고 안방으로 들어갔다.

그는 모두 바닥에 앉게 하고는 조용히 말했다.

"목사님하고 다들 풀려나서 이제는 안전합니다."

"아아……."

무릎을 꿇고 꼿꼿하게 앉아서 잔뜩 긴장한 표정이던 향숙이 무너지듯 자세를 풀었고 다른 여자들도 긴장이 풀려 스르륵 여기저기 엎어졌다.

"흐앙……!"

그때 송화가 울음을 터뜨렸다. 어린 송화마저도 하루 종일 걱정하고 있다가 다들 무사하다는 말을 듣고 기어코 안도의 울음을 터뜨린 것이다.

정필이 향숙에게 고개를 숙여 사과했다.

"누님, 진작 연락을 드리지 못해서 죄송합니다. 워낙 정신이 없어서 그만……."

향숙은 안도의 눈물을 흘리면서 손을 내저었다.

"아유… 일없슴다. 그 사람들 구하느라 얼마나 애썼겠슴까? 우리야 고조 방구석에 앉아서리 걱정한 거밖에 뭐이 한 일이 있다고……."

영실의 긴 치마를 입은 향숙이 치맛자락을 걷으며 일어섰다.

"저녁도 못 잡수셨디요? 내래 날래 차리갔슴다."

징필과 은주는 김길우네 집에서 배불리 먹었지만 향숙을 말리지 못했다.

"누님, 그럼 술이나 한잔합시다."

정필은 골방에 이불을 깔고 혼자 누웠다.

은주는 진희와 함께 향숙 모녀가 자는 안방에서 함께 자기로 했다.

정필은 뜨끈뜨끈한 방에 팬티만 입은 채 다리를 쭉 뻗고 누우니까 피로가 한꺼번에 몰려들었다.

정필이 눈을 감고 오늘 있었던 여러 가지 일을 하나씩 반추하고 있을 때 누가 살며시 골방 문을 열고 들어왔다.

"오라바이."

영실의 트레이닝복 바지와 티셔츠를 입은 은주가 정필 옆에 누우면서 속삭였다.

"내래 오라바이하고 같이 자려고 왔슴다."

정필이 말없이 팔베개를 해주자 은주는 그를 향해 누워서 손을 가슴에 얹었다.

"오라바이한테 물어보고 싶은 거이 하나 있슴다."

정필은 은주가 말하려는 것이 은애에 대해서일 것이라고 짐작하고 조용히 말했다.

"나중에 얘기하고 지금은 자자."

"네."

은주는 얌전하게 대답하고 정필의 맨가슴을 만지작거리던 손을 멈추면서 눈을 감았다.

"내래 정말 행복함다."

은주의 목소리를 아스라이 들으면서 정필은 잠이 들었다.

"허억!"
정필은 소스라치게 놀라서 눈을 번쩍 떴다.
그는 자신이 여전히 골방에 누워 있으며 팔베개를 한 은주가 그의 가슴에 손을 얹은 채 옆에서 자고 있는 사실을 확인했다.
'꿈인가?'
꿈이라고 하기엔 너무도 생생해서 현실 같았다. 아니, 절대로 그건 꿈일 수가 없다.
왜냐하면 대한민국에 있던 정필을 이곳 연길로 날아오게 만들었던 바로 그 일이 조금 전 그가 잠들었을 때 잠 속에서 벌어졌던 것이다.
보름 전 한국에 있었던 정필은 밥만 먹으면 기면증에 걸린 것처럼 기절했었고, 그러고는 곧바로 두만강에서 벌거벗은 채 울고 있는 은애의 모습을 보았었다.
그런데 조금 전에 정필은 바로 그 모습, 두만강 강가에 웅크리고 앉아서 하염없이 울고 있는 은애를 봤다.
시계를 보니까 새벽 1시 30분이다. 허둥지둥 옷을 입은 정필은 김길우에게 전화를 했다.
"길우 씨, 지금 낭장 이리 와주십시오."
은주와 향숙, 순임, 진희가 깨어나 놀라서 모여들었으나 정필은 잠시 다녀오겠다는 말만 남기고 아파트를 나섰다.

정필이 대로로 나와서 담배를 두 개비째 피우고 있을 때 볼보가 모습을 나타냈다.

"터터우! 무슨 일임까?"

탁!

정필은 조수석에 앉아 문을 닫으면서 물었다.

"길우 씨 술 깼습니까?"

"문제없슴다."

정필은 세 개비째 담배에 불을 붙였다.

"무산 두만강으로 갑시다."

김길우는 정필의 난데없는 요구에도 일체 토를 달지 않았다.

"알갔슴다."

부우웅!

볼보는 총알처럼 무산을 향해 달려 나갔다.

『검은 천사』 3권에 계속…

초대형 24시 만화방

신간 100%, 샤워실, 흡연실, 수면실(침대석), 커플석, 세탁기 완비

■ 강북 노원역점 ■

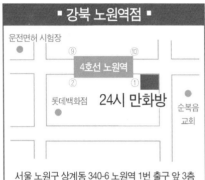

서울 노원구 상계동 340-6 노원역 1번 출구 앞 3층
02) 951-8324 (화용빌딩 3층)

■ 일산 정발산역점 ■

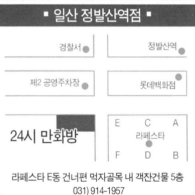

라페스타 E동 건너편 먹자골목 내 객잔건물 5층
031) 914-1957

■ 일산 화정역점 ■

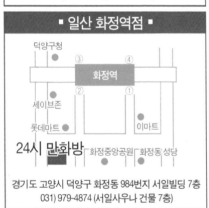

경기도 고양시 덕양구 화정동 984번지 서일빌딩 7층
031) 979-4874 (서일사우나 건물 7층)

■ 부천 역곡역점 ■

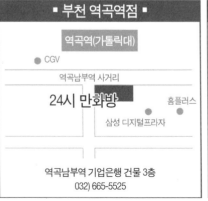

역곡남부역 기업은행 건물 3층
032) 665-5525

■ 부평역점 ■

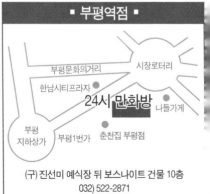

(구) 진선미 예식장 뒤 보스나이트 건물 10층
032) 522-2871